小鳥

ことり

小川洋子 Ogawa Yōko
高詹燦——譯

由衷感謝，在我寫作期間，給予多方協助的：東京大學神經生態學岡之谷一夫教授、
全國野鳥盜獵對策聯絡會的中村桂子小姐、朝日電視台的大竹禮文先生。

1

小鳥叔叔過世的時候，遺體和遺物都依照那種情況下的規定，俐落地處理完畢——也就是無依無靠的人死後過了幾天才被人發現的情況。

急救隊員、警察、民生委員、町內會會長、公務員、清潔工人、看熱鬧的人。各式各樣的人輪番前來，做好各自該做的事。有人搬運遺體，有人調配消毒液，有人翻找信夾裡的明信片，找尋聯絡線索。就連看熱鬧的人群也恰如其分，喧鬧不休地聊起了傳聞，多少消除了現場瀰漫的陰沉氣氛。

多數人對於小鳥叔叔都不太熟悉。就算有過幾面之緣，也沒人和他有過親近的交談。這麼多人造訪小鳥叔叔家，這還是第一次。

發現遺體的，是前來收報費的人。他看信箱裡塞滿了報紙，覺得可疑，從門口沿著庭院繞往屋子南側時，見到小鳥叔叔就倒臥在敞開的起居室窗邊。

遺體微微腐爛，但生前沒有痛苦掙扎的痕跡，甚至看起來像是很安心地緩緩躺下來休息。他穿著一身平常的襯衫和長褲，弓著背躺在地上，雙腳微彎。唯一令圍觀群衆感到吃驚的，是他緊抱著一個竹製鳥籠。鳥籠裡那隻小鳥安分地站在棲木的正中央。

「是鳥啊。」

率先開口的，是身爲第一發現者、基於責任留在現場角落觀看情勢發展的那個收費員。照理說，小鳥叔叔家裡就算有小鳥，也不足爲奇，但衆人因爲他這句話而猛然一驚，臉上的表情彷彿有生以來首次目睹「鳥」這種生物般。

是一隻能夠輕鬆藏在掌中的小小鳥兒。飼料盒空空如也，卻不顯虛弱的模樣，還偏著頭打量現場的人們。在死者手臂的環繞保護下，牠沒半點不安之色，骨碌碌轉動著黑眼珠。羽毛微帶黃綠色，但色調柔和，看不出搶眼的花紋，只能用「小鳥」來稱之，除此之外，毋需任何其他詞彙來補充說明。

經過半晌的靜默，警察高高抬起鳥籠，就像要拿來遮擋從庭院射進的陽光般。小鳥振翅拍了二、三下，雙腳抓向鳥籠側面，旋即又回到棲木上。底部堆積的乾燥鳥糞和脫落的羽毛也一同飄落。儘管沐浴在陽光下，牠的羽毛依舊是那低調的色澤。

不久，牠發出急促的「啾啾」叫聲，接著是一陣出人意表的鳥囀，傳遍四方。在場眾人皆望向籠內。就像要確認那傳遍庭院每個角落、猶如清澈小溪般的聲音，是否真是眼前這個小生物所發出般，靜靜凝睇著牠。

小鳥持續引吭長鳴。牠彷彿相信，只要繼續鳴唱，那不知何時喪命的死者將就此復活。

警察之所以打開籠門，或許是因爲那聲音太過淒美，聽得如痴如醉，就此鬆懈了緊繃的神經。也可能心生錯覺，以爲自己能用雙手輕輕承接這樣的聲音。不管原因爲何，只見下一個瞬間，小鳥飛出籠外，在遺體上方盤旋一周後，從窗口離去。誰都來不及阻擋。

不久，相關工作重新展開，現場恢復喧鬧。由於飼主已死，也無法可施；動物回歸大自然是理所當然的，再怎麼說，畢竟是鳥，能在天空自在飛翔，是無比幸福的事。人們各自在心中低語。警察爲了不讓人注意到他的處理失當，改寫起文件內容。

半晌過後，庭院角落再次傳來鳥囀，但是對衆人來說，那只是一個遙遠的聲響，就像是自己聽錯了一樣。沒人知道那小鳥是一隻綠繡眼。

人們之所以稱他「小鳥叔叔」，與鳥籠裡的綠繡眼毫不相干。早在飼養綠繡眼之前，他已照料附近一家幼稚園裡的小鳥將近二十年之久。沒人拜託他這麼做，完全是當義工。就這樣，不知不覺間他成了小鳥叔叔。

他固定在孩童上學前、放學後，或是假日，才會出現在幼稚園的鳥屋前。他不擅長與孩子相處。

他投入的心力遠超過單純來園裡打發時間的程度，那嚴格的態度近乎修行。首先，他會從倉庫裡搬出桶子、長柄刷、畚箕等各種用具。盡是一些用舊了的工具，但他維護得很周全。鳥屋共有兩座，小的養了一對鳥骨雞，大的鳥舍則是一些觀賞用的小鳥。他總是先從鳥骨雞那兒做起，因爲要是之後再打掃，鳥骨雞就會鬧脾氣，發出「唧——唧——」的怪叫聲，喧鬧不休。

曬乾鋪地上的稻草、清理糞便、清洗水盒、更換飼料。這些步驟他已嫻熟，一氣呵成，不會有多餘的動作。烏骨雞同樣也記住了這些步驟，在鳥屋門打開的同時，兩隻雞會從小鳥叔叔腳下溜過，在外頭玩沙浴，然後在庭園裡蹓躂，看準他更換新鮮飼料的時間，再回到鳥屋裡。就算小鳥叔叔沒出聲叫喚或是發出信號，他和這對烏骨雞之間同樣能感受到彼此的呼吸。

另一座鳥舍就更天眞可愛了。小鳥頻頻高聲鳴唱，來回飛舞，甩動尾羽，啄著鐵絲網歡迎他的到來。有虎皮鸚鵡、橫斑鸚鵡、雞尾鸚鵡、櫻文鳥、肉桂文鳥、十姊妹。不時因爲自然死去或是屬性不合的問題，而有種類或數量的變化。但對於小鳥的挑選和採購，小鳥叔叔向來沒有任何權限。他只是一個照顧鳥兒的人。

不論是飼料盒還是水盒，小鳥叔叔都清洗得無可挑剔。只要他拿起長柄刷刷洗地板，園長甚至擔心他會不會一刷就沒完。在沒半個學童的庭園裡，就只聽得見刷洗聲和水流聲，小鳥的鳴唱與這個節奏相互重疊，有如唱和般。他弓著背，視線就只落向腳下，儘管濕了褲腳，飛沫濺向臉上，也毫不在意。他氣息平穩，雙眸清澄。原本想早點洗去髒汙的念頭已飛到九霄雲外，不知不覺間成了冥想和祈禱。小鳥有時在他頭上飛舞，有時停在他肩上，發出更高亢的鳥囀，爲小鳥叔叔獻上祝福。

辦公室裡的教師光是手頭的工作就忙得不可開交，就算看到小鳥叔叔，也幾乎不放在心上。「啊，那個人又來了」，就連這樣的念頭也不曾浮現。就像鳥屋裡有小鳥一樣，視爲理所當然的風景，就這樣望著小鳥叔叔。

不過，就只有園長會看準他工作結束的時候，穿過攀爬架和鞦韆，來到鳥屋和他說上幾句話。

「謝謝您平日的幫忙。」

園長一頭白髮梳理得整齊，化著襯托出高雅氣質的淡妝，一襲質地輕柔的連身裙包覆她豐腴的身軀。打從小鳥叔叔一開始提議說要照顧鳥屋，園長始終以禮相待，不曾改變。

「不，沒什麼……」

相較於此，基於個性使然，小鳥叔叔不善與人閒話家常，他不自主地裝出忙著把工作收尾的模樣，說起話來含糊不清。

「昨天有隻橫斑鸚鵡停在棲木上，身體鼓得好大。」

「今天看起來，大家好像都沒異狀呢。」

「太好了。」

「是啊。」
「電視上說，下星期會有一波寒流呢。」
「是麼？」
「什麼時候幫牠們裝加溫器好呢？」
「我會視情況來幫牠們裝設。」
「有您這麼做，我就放心了。」
兩人只會聊小鳥的事。
「上週，烏骨雞不是生蛋了嗎？」
「對。」
「我們用來做了布丁，您要不要也嘗嘗？」
園長知道不管再怎麼邀約，他都不會答應，但還是很想表達心中的慰勞之意。
「不過，我沒辦法久待……」
他急忙準備離去，那模樣就像在說「糟糕，我不小心待太久了」。
「是麼？那麼，請您帶回去吃吧。眞是不好意思，就只有一個。」
園長把布丁裝進印有金絲雀圖案的拉鍊袋裡，金絲雀是這家幼稚園的標誌。

「啊，謝謝……」

他同樣就只是小小聲道謝，目光緊盯著那金絲雀的圖案。那是一隻亮黃色的金絲雀，停在樹枝上，機靈的圓眼睛凝望遠方的天空。

園長來回望向小鳥叔叔逐漸遠去的背影和鳥屋，暗自低語：「小鳥叔叔維護的鳥屋，爲什麼會這麼完美呢？」他的背影顯得無比柔弱，夾克陳舊，步履虛浮，鳥屋卻照料得無可挑剔。他仔細地修補鐵絲網，就算是再狡猾的貓或蛇也休想越雷池一步。配合小鳥的腳趾削製成的棲木，在空中筆直橫越。補給充足的飼料，每一粒穀物種子都散發出光澤。雖然過沒幾分鐘，小鳥馬上就會把穀殼撒落一地，排出糞便，但此時鳥舍裡充滿清爽之氣，沒那麼容易被弄髒。

園長一直目送小鳥叔叔離去，直到他的背影消失在後門爲止。小鳥叔叔一次也沒回頭。

返家後，小鳥叔叔換下濕透的衣服，清洗雙手，從拉鍊袋裡頭取出布丁來吃。這份給學童吃的點心分量很小，一轉眼便吃完了。卡在頭髮上的烏骨雞白色羽毛，飄然落向拉鍊袋的金絲雀上。

是孩子們替他取了「小鳥叔叔」的綽號。儘管一直謹慎地避開學童前往鳥屋，但還是常有意外的情況。例如家長因某個原因無法前來迎接，孩子就此留在園內，或是爲了運動會或遊樂會的準備而比平時晚回家，他便會因爲這種意想不到的情況而被學童撞見。

「啊，是小鳥叔叔！」

孩子們從遊戲室、花圃裡、溜滑梯上飛快地朝他奔來。不管再怎麼不起眼的暗處，小孩子都有辦法躲在其中。

「小鳥叔叔！」

「小鳥叔叔！」

「小鳥叔叔！」

孩子們一再叫喚這個名字。那是坦蕩蕩的口吻，彷彿向天宣告他沒有其他名字。孩子們愈是坦蕩，他愈不知如何是好。

「喂，你把牠放在手上試試看嘛。」

「牠會說話嗎？」

「那隻鳥的鳥嘴上長了顆肉球。」

「這飼料我們也能吃嗎？」

他們你一言我一語，想到什麼就毫不猶豫地說出口。受到他們的影響，小鳥也變得興奮，競相唱起歌來。有的孩子想爬上鐵絲網，有的孩子則是跨在長柄刷上大叫。有時甚至有孩子握住他的手。他爲之一驚，不知該用多大力道回握才好，忐忑不安。這時，他總對自己說「在我手中的是小鳥，我正抱著一隻小鳥」。然而，當他心裡這麼想，戰戰兢兢地朝手中使勁，下一瞬間，孩子的手已經鬆開，他手中什麼也沒有。

孩子們有著類似的氣味。溫熱中帶點微微的濕潤，橡膠球般的氣味。和小鳥截然不同。

爲了不再讓人和他搭話，他比平時更加專注工作，不管別人問他什麼，一律只回答「嗯，對」。他們身穿同樣的深藍色兒童罩衣，名牌左搖右晃，自由自在地蹦蹦跳跳。不知爲何，他總覺得孩子們是比小鳥更小的生物。

老花眼的他看不清名牌上的字，分不清誰是誰，兒童罩衣上擴散開來的汙漬，成了他區分每個孩童的唯一線索。醬汁、牛奶、油、鼻涕、口水、胃液、眼淚、血。兒童罩衣被各種東西弄髒，這些汙漬比名牌上的名字更清楚顯現孩子們獨特的印記。藏在運動鞋裡的腳，比虎皮鸚鵡的腳爪還沒力；裸露在褲子外的小腿，比文鳥的腹部線條更沒防備；嘴唇的柔弱與鳥喙的堅硬根本沒得比。

孩子們完全沒注意到這些事，一樣恣意妄爲。把水盒倒翻過來，追著烏骨雞跑，被水管絆倒，放聲大哭。

「再見。」

「明天見。」

「掰掰。」

忙了好一陣子，能玩的全玩遍了，心滿意足的孩子們明確擺出一副「我已經不需要小鳥了」的模樣，就此往不同的方向散去。

「再見，小鳥叔叔。」

「小鳥叔叔，還要再來哦。」

一直到最後，孩子們始終都叫他小鳥叔叔。

一開始，帶小鳥叔叔來看幼稚園鳥屋的人，是大他七歲的哥哥。不過，當時這兒還不是幼稚園，而是教會附設的孤兒院，鳥屋也遠比現在來得簡陋。

「這是小鳥。」

哥哥以得意的口吻說道，就像在對他說，這種世上罕見的生物，我特別只給你一個人看哦。

「嗯，是呀。」

坦白說，對當時剛滿六歲的小鳥叔叔來說，小鳥只是一種聒噪的生物。總是靜不下來，神經質，鳥喙散發一股凶猛的氣息，與嬌小的身軀很不搭調，感覺只要稍一大意，牠就會啄向臉頰、小腿、眼睛這類柔軟的部位。

「那隻是檸檬金絲雀。剛剛飛到鐵絲網上的是羅娜金絲雀。至於停在鞦韆上的，就像你看到的，就叫白金絲雀。」

對他來說，比起這些小鳥，哥哥口中提到的名稱更具吸引力。他覺得哥哥能夠流暢無礙地一一說出這些名稱，實在很不簡單。

「爲什麼牠們叫個不停？」

「那不是在叫，是在說話。」

「聽起來像是生氣了。」

「牠們沒生氣。」

「眞的嗎？」

「嗯。小鳥只是說著我們遺忘的語言。」

哥哥倚在孤兒院的柵欄上，定睛注視著鳥屋，目不稍瞬。

「所以小鳥比我們要聰明多了。」

哦，這樣啊……弟弟低語道。哥哥也像小鳥一樣，說著人們都已遺忘的語言嗎？所以學校的老師、左鄰右舍的叔叔阿姨，才會都不懂哥哥在說些什麼？他們很努力卻還是聽不懂，總是不耐煩的表情，搖頭或嘆氣，若無其事地做出無禮的舉止。這麼說來，既然我聽得懂哥哥說的話，只要我再稍微習慣一些，或許就能分辨小鳥的鳴叫聲了……

明白這點後，他不由得心花怒放，朝鳥屋吆喝一聲：「喂——」金絲雀頓時一同交錯飛舞，齊聲鳴唱。

孤兒院的庭園裡沒有攀爬架、溜滑梯、沙坑，就只有茂密叢生的草木，那棟簡樸的木造平房當時還沒掛上金絲雀的標誌。多年來歲月流轉，孤兒院變成幼稚園的這段期間，景致今非昔比，但不知為何，唯獨這鳥屋留在原地。就在面向巷弄的後門旁那棵銀杏樹下。那裡是鳥屋的專屬位置。

當然，鳥屋的結構和鳥的種類陸陸續續改變。加設鳥骨雞的鳥屋，是小鳥叔叔投入維護工作後的事；鳥屋因颱風泡水或因地震傾斜後，他也重新修建。在園長的個人喜好及家長的要求下，飼養的鳥兒從金絲雀改成十姊妹，從小鸚鵡換成大型鸚鵡，從文鳥改為虎皮鸚鵡，流行一直在變。這兒曾經收容從某戶人家逃走的孔雀，電視新聞也曾介紹園內有鸚鵡會和學童一起唱童謠。鳥兒因病或是野貓入侵而陷入全滅危機的情況也不止一、二次了，但鳥屋從未拆除。不知不覺間，小鳥總會回到這個地方。

「我呀，喜歡檸檬金絲雀喲。」

弟弟忘了因爲小鳥聒噪而感到害怕的事，如此說道。

「那是個乖孩子。」

哥哥不在乎額頭上會留下印痕，把臉更往柵欄貼近。檸檬金絲雀可能是知道自己成爲他們談論的話題，在棲木上一陣左右移步，偏著頭注視著他們兩人。

「牠應該是在想什麼吧。」

小鳥幾番偏著頭的模樣，看在弟弟眼裡，只覺得牠是在思考什麼不可思議的問題。

「對，你說的沒錯。牠在想，我們到底是什麼人。」

「用牠那麼小的腦袋？」

「這跟大小無關。鳥的眼睛長在臉部兩側，想要看清楚的話，就非得把頭偏向一邊才行。是一種天生就會思考的動物。」

「可是，牠到底在想些什麼？」

「在想我們完全想不到的問題。」

「嗯，這樣啊……」

弟弟一知半解，爲了不讓哥哥失望，仍然點了點頭。這時，檸檬金絲雀大大展開雙翅，接著又緩緩收回。

「如果有那種黃色的點心，一定很好吃。」弟弟說。

「嗯。」哥哥不置可否應道。

「像是果凍呀，沖泡果汁，或是冰水。」

「……」

「這樣嘴巴裡就會跟金絲雀一樣變成黃色了。」

「……」

「啊，對了。青空商店賣的棒棒糖，也是黃色的最好吃。對不對？」

然而，弟弟說的話，似乎傳不進哥哥耳中。哥哥專注地聆聽金絲雀的聲音。不過，能像這樣兩人獨處，弟弟覺得開心不已。

孤兒院裡一片悄靜，四處飛舞的只有小鳥，不知爲何，到處都看不到孤兒的身影。拜此之賜，他們不受任何人打擾，盡情凝望眼前的鳥屋。彷彿他們兩人是孤兒一般。

2

哥哥是在過了十一歲後，開始用自己創造出的語言說話，所以打從小鳥叔叔懂事起，哥哥的語言已經建構完成，擁有無法撼動的地位。換句話說，小鳥叔叔的父母、左鄰右舍的阿姨、廣播播報員所說的語言，那種能和任何人溝通、理所當然的語言，他從來沒聽哥哥開口說過。

與其他孩子相比，哥哥的步調略顯慢了些，但原本好端端說話，也曾經認眞練習寫字的哥哥，不知道是什麼原由，好幾個月都不說話，之後突然就開口講起含義不明的話語，把母親嚇壞了。母親說，這一定是大腦發展的過程中短暫出現的混亂，就像智慧熱（譯注：出生後半年到一年之間的幼兒常有的發燒現象。早年人們認爲這是幼兒長智慧時引發的，所以稱之爲「智慧熱」）一樣，以此說服自己接受；或是抱持更樂觀的想法，認爲他這是爲了嘲諷大人所開的玩笑，等明天到來，就會恢復正常。然而，母親的盼望沒能實現。不管等再久，哥哥始終沒恢復說「正常」的話語。

當然也嘗試過各種方法：住院檢查、精神分析、藥物治療、語言訓練、斷食療法、換地方療養……哥哥不曾排斥，乖乖聽從母親及其他大人的指示。用蠟筆畫一家人的圖畫，服用苦口的藥粉，如果吩咐說要通電治療，他就會默默伸出頭。但哥哥之所以這麼做，並不是想要痊癒，而是爲了不讓母親更加失望。

儘管母親費盡心思，但哥哥發明的新語言非但沒荒廢，甚至逆勢成熟，深深滲透他心中。他的單字量一天比一天增加，文章變得細膩，文法也固定成形。聲帶、舌頭、嘴唇學會新的動作，而他也很快便習慣，甚至變得比以前還要活潑。原本使用的語言就此悄悄退場。

母親自從明白不管再怎麼努力也是白費力氣後，便一貫採取深思熟慮的態度。儘管明白彼此無法對話，她仍然持續跟兒子說話，努力揣測他想說的是什麼。她一輩子始終對兒子展現她愛子情深的態度。

對母親而言，就只有在她發現弟弟聽得懂哥哥說的話的時候，她感受到上天射下一道希望的光輝。哥哥突然改變語言後，兄弟倆還是和以前一樣面對面，熱中於兩人的遊戲中。從中看不出一絲紛亂。

「爲什麼你懂？」

母親一再問弟弟。但弟弟就只是扭扭捏捏，什麼也答不出來。

爲什麼你懂？母親死後，哥哥死後，小鳥叔叔不時思考這個問題，但還是想不出一個適切的理由。話說回來，怎樣才算「懂」，這本身就是個曖昧不明的問題。對小鳥叔叔來說，哥哥的語言，就像哥哥在他身旁一樣明確。如此威風八面，無比自然，沒有懷疑的餘地。只要哥哥說句話，小鳥叔叔的鼓膜就以相應的形狀凹陷，穩穩承接他的話語，以神祕的信號拉起兩人的關係。只能說，這兩兄弟的鼓膜，在他們出生前就已相互約定，只有他們兩人才能彼此相通。

總之，幸好有「兩邊」的語言都聽得懂的弟弟在，一家四口的對話才能在這種怪異的情況下勉強成立。弟弟所扮演的，並非是像口譯這麼明確的角色，頂多就只是對不時出現的對話空洞架起小梯子罷了，但這樣便足以緩解母親的不安。

另一方面，自從出現語言的問題後，父親更加不知該拿長男如何是好，爲此傷透腦筋。母親是爲了兒子著想，展開各種行動，而相對的，父親就只是低著頭，一味把自己埋進沉默中。由於他在大學工作，只要知道哪裡有看似幫得上忙的管道，他就動用關係，取得學術文獻，或是找來受過專業訓練的家教。不過到頭來，也就只做了這些事。文獻始終堆放在他的辦公桌上積灰塵，找來的家教也待不到一週便主動請辭。

看在弟弟眼裡，父親似乎對哥哥感到畏懼。是因爲自己心術不正才生出這個兒子嗎？這是在考驗他，看能否發現這孩子帶有什麼暗示嗎……？父親困在這樣的念頭裡，眼神始終惴惴不安，難有平靜之色。他並未做好心理準備，要接受某人對他的究責。父親彷彿懷疑這個「某人」就是哥哥，不時以這樣的眼神打量兒子的臉。

位於別房的工作室，是父親的避難處。在那稱不上寬敞的庭院西側，一間就像是硬塞進來的別房，裡頭只有一間鋪木板地的小房間，不論是窗框、門，還是灰泥外牆，覆滿爬藤。父親專攻勞動法。小時候，小鳥叔叔百思不解爲何自己的父親總是低著頭。他記憶中的父親總是在看書。

「爸爸做的是跟勞工站在同一陣線的工作哦。」

每次詢問父親的職業，母親總是如此回答。

「他在研究幫助勞工的法律。」

但小鳥叔叔怎麼也不認爲把自己關在堆滿書的狹小房間裡的父親，說得上能跟誰站在同一陣線。他甚至懷疑，父親總是低頭看書，是爲了不與哥哥目光交會。

從大學下班回家後，除了用餐時間，父親幾乎都待在別房裡。他嚴格囑咐孩子不能進屋，所以小鳥叔叔也提醒自己盡量別靠近庭院，但還是會不經意地從爬滿窗戶的藤蔓縫隙瞄到房內的模樣。房內堆疊的書本營造出陰沉的氣氛和暗影，明明沐浴在夕陽餘暉下，卻還是一樣昏暗。桌面被各式各樣的東西占領，只留下一塊寫字用的空間。扶手椅上有張坐墊，塡充物磨損了，布面也起了毛邊，無精打采凹了一塊。凹陷的面積只有一小塊，令他感到不可思議：父親的身材有這麼嬌小嗎？

吃完晚餐、喝過茶後，父親便會起身離席，從後門離去。留在原地的三人不會對他說「慢走」，也不會說「稍後見」。隔離在庭園綠意深處裡的小屋，哥哥創造出的語言絕對到不了的一處空洞，父親就此被吸往其中。別房的門關上後，父親對母子三人而言，就只是黑暗的一部分。

日後，小鳥叔叔常後悔當初爲何沒把哥哥說的語言錄下來。錄音的機器愈來愈方便，只要有心，想留下紀錄應該多的是機會。但小鳥叔叔與哥哥同住的那段時間，一直不覺得有這個必要。哥哥是這世上唯一使用那個語言的人，他與那個語言緊密相連，就此化爲一體，所以小鳥叔叔從未想過要把兩者切割開來、單獨錄音。正因如此，每當想起哥哥，他總期盼能再次聽聞哥哥用那自由自在、可愛迷人的獨創語言說話的聲音，明白這願望落空，心中的落寞自然又增添了幾分。

不知是基於怎樣的原由，母親也曾嘗試請語言學專家來聽哥哥說的語言。兒子並非是自己胡說一通，只是周遭人不懂罷了，其實這可能是某個遙遠國度的人們使用的語言，兒子是在不知不覺間學會，在沒人察覺的情況下悄悄地……她逐漸有了這樣的想法。兒子所說的話，如果只有弟弟一個人聽得懂，未免也太可憐了，應該無法承受吧。或者是說，兒子天生就具有特殊才能，靠自學而學會少數語言？母親可能是想把希望寄託在這樣的幻想中吧，不管怎樣，她可說是使出了渾身解數。

小鳥叔叔也以口譯員的身分，一同參與那次的拜訪。當時哥哥十三歲，小鳥叔叔六歲。語言學者所在的研究機構，位於遙遠的沿海市街，搭火車需將近三個鐘頭的車程。那是母子三人第一次一同出遠門，也是最後一次。

哥哥手提一個小小的白色籃子，裡頭放了一整組重要物品（雖然未必是出門必需品），每過一站就卡嚓一聲打開鎖扣，檢查裡頭的東西：有玻璃彈珠、夾子、碘酒瓶、捲尺、棒棒糖。他先拿起玻璃彈珠在陽光下照射，然後用夾子夾自己的拇指，接著打開碘酒瓶嗅聞氣味後，拉出一公尺長的捲尺，捲成一團。棒棒糖就只是撫摸包裝紙，小心收好，沒打開來吃。順利檢查完畢後，哥哥把東西各自放回籃子裡固定的位置，以固定的方向擺好，再次關上鎖扣。

「放心。東西不會丟的。」母親說。

「我會替你看好的。」小鳥叔叔也說。

但在抵達他們要下車的車站之前，哥哥不停反覆檢查。

研究所位在老舊又陰氣沉沉的建築裡，兩側有好幾扇門一字排開，泛著黑光的走廊一路綿延。母親緊握哥哥的手，小鳥叔叔緊跟在後。不時有人擦身而過，但沒人留意這三個與該處顯得格格不入的母子。在昏暗的光線中，只有籃子的鎖扣透著微光。

語言學者是個近乎要駝背的老人，以含糊不清的聲音低語著。顯然不太歡迎他們三人的到來，儘管母親遞出糕餅盒伴手禮，他仍然一臉不耐煩的表情。可能是患有呼吸道毛病，不時發出可怕的咳嗽聲，彷彿會把喉嚨給咳破似的，聽得小鳥叔叔膽戰心驚。

但小鳥叔叔的注意力馬上被研究室桌上的錄音裝置所吸引，連那個語言學者的冷淡態度或可怕的咳嗽聲也忘了。那比過去他見過的任何機械還要迷人。讓人不由得想要轉動的各種大小旋鈕、膽小昆蟲的觸角般左右擺動的指針、描繪出神祕曲線的錄音帶。這一切都深深擄獲小鳥叔叔的心。

語言學者讓哥哥看圖卡，要他回答上面畫的是什麼。

「湯匙」、「瓢蟲」、「草帽」、「喇叭」、「長頸鹿」。

哥哥用自己的語言回答。

可能是語言學者常翻動這些圖卡吧。圖卡都已褪色，因沾染手漬而略顯骯髒，背面用膠帶貼了一層又一層加以補強。瓢蟲有隻腳扯斷了，喇叭口噴出奇怪的汙漬，長頸鹿的脖子彎折，一副垂頭喪氣的模樣。

這是再簡單不過的測驗。哥哥當然全部答對，但知道他答對的人只有小鳥叔叔一人。

哥哥也被問到家族成員及喜歡的科目，要求他念繪本，唱童謠。語言學者適時按下錄音機，做些簡單的紀錄。母親則鼓勵似的輕撫兒子的背。不管怎麼改變方式，從哥哥口中說出的語言仍舊保持其一貫性。在這段時間裡，哥哥除了緊抓那白色籃子不肯鬆手外，一直保持禮貌的態度。

小鳥叔叔一直在觀察那臺錄音機。想到哥哥的聲音被吸進這半透明的扁平磁帶內，就深感不可思議。在那看起來牢不可破的皮箱守護下，這臺機器裡頭有認眞工作的一群小人，勤奮地蒐集哥哥的聲音，用一根擀麵棍將聲音擀平，貼在磁帶上——這光景浮現在他腦中。哥哥使用的是特別的語言，他很擔心小人們會不會感到困惑不解。每次語言學者將旋鈕往右或往左調整，小人們就會忠實地聽從他的指令。磁帶流暢轉動，從小輪轉向大輪，又從大輪轉向小輪。光憑老人的一隻手，就能控制這一切複雜的程序。他一轉動旋鈕，小人們的緊張感全都傳向他的指尖。光是這樣的想像，小鳥叔叔便一顆心撲通撲通跳了起來。

「這不是任何地方的語言。」

老人突然停止錄音帶的運轉。

「這單純只是雜音。」

母親還來不及發出「咦」的一聲驚呼，語言學者便又補上一句。

「甚至算不上是人話。」

老人把圖卡收攏，放進桌子的抽屜裡，發出巨大聲響。這事就此結束。

老人的研究對象是少數語言，確認這些事對他的蒐集沒有助益後，表情變得更加冷淡。「這樣啊……」母親就只是一味低語，老人對她沒半點安慰的意思，也沒有對哥哥說些撫慰的話。

哥哥突然解開籃子的鎖扣，又檢查起來。他高高拿起玻璃彈珠，正準備以夾子夾向拇指，母親一把抓住哥哥的手說道：

「回程的火車上再做吧。」

當時的錄音帶要是能留下就好了。小鳥叔叔對此深感遺憾。就算有語言學者在一旁狂咳礙事，但確實錄下了哥哥說的話語。但如今已無法再次播放，沒能像長頸鹿圖卡一樣妥善收藏，就此消失在伸手無法企及的地方。

也許在地圖上沒記載的某個遠方小島，住著一群內向善良的人，他們是兒子的伙伴。母親的這個願望就此粉碎。小島上的居民就只有哥哥一人。但那絕不是荒涼的不毛之地。那裡風平浪靜，樹蔭處處，適合坐在樹下沉思，頭頂有鳥兒鳴唱。小鳥叔叔只要想去，隨時都能划著小船前往。

要在不懂哥哥語言的人面前重現他說的話，就算是小鳥叔叔也很難辦到。聽得懂和開口說是兩回事。就像對應圖卡上的圖案一樣，要發出每個單字的音是有可能的，但那終究只是隻字片語，不可能讓撐起整個語言的骨架和作爲其基礎的聲音魅力就此重現。

語言學者用一句「雜音」就蓋棺論定，當真愚不可及。哥哥的語言與「雜亂」根本就沾不上邊。他的文法完全是依照堅實的規則建構而成，不容許任何例外，而且詞彙豐富，時態、人稱、變化等規則也很完備。討喜的簡樸、意想不到的細膩、如同歷經漫長時光形成的地層般穩固，絕妙地共存。

不過，當中最有特色的，還是非發音莫屬。音節間的連接，有任誰也模仿不來的獨特高低起伏以及間隔。就連他自言自語的時候，聽起來也像是唱歌獻給只有他才看得到的某人一般。如果有人問，什麼與他的語言最相近，那肯定就是哥哥曾經用「那是我們都遺忘的語言」來形容的小鳥鳴唱。

明明是這麼美妙的語言，哥哥卻沒留下任何文字。光用說的就已足夠，沒必要寫在紙上，這是他抱持的態度。反過來說，他在沒有得以連接耳朵與眼睛的記號下，創造出一種語言。以小鳥的鳴唱當範本，哥哥獨自一人，一面發出聲音給自己的耳朵聽，一面把散落在小島上的語言石子一顆顆收進口袋裡，逐步撿拾從小鳥的鳴叫聲中滿溢出的語言結晶。

當然了，母親也想坐上小鳥叔叔划著靠岸的那艘小船。如果可以，她甚至想自己划槳，展現無比熱情。只要能登上小島，不論要付出再大的努力，她也在所不惜。她想借助小鳥叔叔的幫忙，慢慢學會兒子的語言——事實上，她不再像一開始那樣一頭霧水，但是看在小鳥叔叔眼裡，還是不夠完美。她的耳朵不再那麼柔軟，分辨不出語尾的微妙變化，而且不時加入個人的願望，就此曲解原意。

不過，母親竟有了自信，認爲聽得懂兒子說的話。有時就算聽不懂哥哥話中的含義，她也刻意裝懂。裝久了，她便催眠自己，心想：其實我都懂。

儘管發現母親有錯，小鳥叔叔也沒加以糾正。例如某次——

「我討厭刺刺的背心。」哥哥說。

「啊，是麼？是因爲用了廉價的草莓嗎？」母親如此回應。因爲「背心」和「草莓」的發音很相似。

「下次得把上頭的細毛洗乾淨才行。」

哥哥背對著母親，聽她一直說著昨晚吃的草莓，就此脫下毛線背心，塞進衣櫥抽屜的最底下。

或是，有一次哥哥說：「我不要用洗髮精。頭髮一打濕，感覺好像快死了。」

母親用力點頭表示同意。

「就是說啊。你說得對。半夜熬夜不睡，有害健康。」

「洗髮精」和「熬夜」的發音並沒有多相似。

小鳥叔叔和哥哥都沒對母親說「你搞錯了」。他們知道，就算是形狀再怎麼不同的石子，只要一起放進口袋，說來也神奇，久而久之自然就會習慣。兄弟倆就只是默默聆聽那背心與草莓、洗髮精與熬夜的石子發出的碰撞聲。

只有一個詞，在新語言誕生前後，始終不會改變。那就是棒棒糖「波波」。只有波波一直都是波波。

那是附近的雜貨店「青空商店」所販售的、平凡無奇的圓形糖果，就放在收銀機旁的寬口玻璃瓶內。口味有草莓、哈蜜瓜、葡萄、橘子、蘇打汽水、薄荷，當然也有檸檬，顏色很多樣，各自包在不同顏色的包裝紙內。不過味道沒多大差別，就只有吃完後，舌頭顏色會變得不一樣。

每個星期三傍晚，兄弟倆習慣在青空商店各買一支棒棒糖。

「你不准出手幫他哦。」

小鳥叔叔的母親嚴厲地吩咐道。

「不管是說要買什麼、給錢、找零，全部都要讓你哥哥自己來。只要不是特殊情況，你都不能幫他。明白了嗎？」

自從不能上學後，哥哥的外出地點就只剩青空商店了，母親似乎把在店裡購物當成寶貴的社會訓練。母親所說的特殊情況是什麼，小鳥叔叔不太清楚，雖然心裡多少有些不安，但能買到棒棒糖，就算是開心的事。只不過，小鳥叔叔有時也想改吃巧克力或牛奶糖。想到哥哥對波波展現的執著，他便開不了口說出自己心裡的想望。

青空商店位在通往孤兒院的那條巷弄前馬路的轉角。只要店裡來三個客人就客滿的這家小雜貨店，只有一個頭上罩著絲巾、氣色不佳的阿姨顧店。打開那卡啦卡啦作響的玻璃門走進店內後，總是從水泥地升起一股冷冽的空氣。

「打擾了。」

兄弟倆各自用不同的語言說道，聲音交互重疊，化爲更加奇異的聲響。不過，也不知道是每週都上演一次，老闆早已習慣，還是對只會買小東西的孩子不感興趣，老闆始終是同一個表情。

除了收銀機櫃檯上擺放的零食，店內沒有小孩子看了喜歡的商品，儘管如此，小鳥叔叔還是喜歡在店裡逛上一圈。展示架上塞滿了商品。左手邊是洗衣糊（譯注：讓襯衫之類的衣物更爲硬挺的洗衣藥劑）、衛生紙、肥皂、蠟燭、潔牙粉——從這兒開始，以罐頭爲分界，擺著食用油、麵粉、人工調味料，接著是食品類的番茄醬、冰糖、麵條、果醬。上方的層架隱約可見不知從什麼時候賣剩一直留到現在的三角巾、量筒、鎳鉻合金線，地板上則擺著磅秤、鋤頭、紡車。老闆身後的牆壁被香菸、郵票、印花、棉線、鈕釦、橡皮筋等瑣細的東西塡滿，還有從天花板垂吊而下的鋁鍋和蟲籠。

青空商店是個以各種混雜的商品爲材料打造而成的小屋，是小鳥蒐集破布、鐵絲，用鳥喙築成的鳥巢。標籤倒放、包裝袋因日曬而變色、罐頭邊緣凹陷，這些維護不周的地方，讓小鳥叔叔想像它們一個一個花上漫長的時間堆疊而成的情況。站在店裡，不知爲何，小鳥叔叔總覺得自己就像在一處安全的地方受到保護。就算發生了什麼危險的事，可能也只有這裡不會遭受波及。能一整天坐鎮在店中央的老闆，眞教人羨慕。

不過，哥哥就不會像他一樣朝展示架東張西望，視線始終只投注在波波上。他會先輕咳二、三聲後，像害怕弄錯般，謹慎地指向寬口玻璃瓶。明白他用意的老闆，在哥哥開口前已先站起身，解開頭上的絲巾罩在瓶子上扭開蓋子。老闆露出皮膚後，小鳥叔叔緊盯著她頭上的髮旋，心想，她頭上綁著絲巾是爲了遮掩髮旋嗎？蓋子發出嘎吱聲，好不容易才轉開，鐵鏽粉也撒在櫃檯上。這鐵鏽粉可別掉在棒棒糖上啊，小鳥叔叔擔心著。

「好了，今天你要選哪個？」

老闆問道，把絲巾揉成一團，用和她的臉一樣沒有血色的手擦拭起櫃檯。

「葡萄。」哥哥回答。

「馬上好。」

說來也眞不可思議，老闆對哥哥說的話不顯半點遲疑。既沒語帶強迫地對他說「把話說清楚，要讓人聽得懂」，也沒叫小鳥叔叔代爲翻譯，更不會無視於他的要求。如果無視於他的要求，老闆應該就沒必要問他要哪個顏色。老闆聽完哥哥說的話之後，手伸進寬口瓶裡頭。

只見她那五根手指逐漸入侵朝四面八方胡亂疊放的竹籤中。棒棒糖發出一陣窸窣聲。老闆傾倒瓶身，找到指定的顏色，手指朝裡頭埋得更深。不知為何，她想拿的顏色每次都藏在瓶底。

「喏，拿去。」

老闆抽出一根棒棒糖遞給哥哥。那一定都不是哥哥想要的顏色。

「謝謝。」

哥哥向她道謝。我剛才說的是葡萄——哥哥沒這樣抱怨，也沒流露不滿的神情，他緊握著棒棒糖，那模樣就像在說「這就是我要的顏色」。

「小不點你呢？」

這次輪到小鳥叔叔了。

「檸檬。」

小鳥叔叔要的顏色在瓶口附近，就算手沒往裡伸也能輕鬆取出。每次老闆都會拿出正確的顏色。

你別插手——小鳥叔叔遵守母親的吩咐，靜觀其變。雖然知道只要代為翻譯說句話，就能圓滿落幕，但他沒這麼做。他知道老闆並無惡意，所以他不想刻意指出錯誤，讓身為這座安全基地主人的老闆失望難過。不過，哥哥的波波還是拿錯了，而他自己則是拿到正確的波波，這令小鳥叔叔有股罪惡感。就像明明只有哥哥受到不當的對待，卻又找不到抗議的對象，令人備感焦急。

「我們回去吧。」

確認哥哥把零錢收進錢包後，小鳥叔叔就像要消除自己的焦急般，以更開朗的聲音如此說道。老闆再次把絲巾披在頭上，絲巾兩端在下巴處緊緊打了個結。這次小鳥叔叔改為在意起鐵鏽會不會沾到老闆的頭髮。老闆整個身子深深陷入櫃檯後方的椅子，就此與展示架的顏色混在一起，與商品幾乎無從區別。

回家後，小鳥叔叔再也無法忍耐，馬上吃起了棒棒糖。而且舔到一半就膩了，改為咬碎嚼了起來，一眨眼工夫便吃完了。另一方面，哥哥則耐心十足地珍藏著棒棒糖，一直等到星期二中午才打開包裝紙，花好幾個鐘頭慢慢舔。哥哥把波波含在口中時，一句話也沒說。

哥哥吃到一半，小鳥叔叔拜託哥哥讓他看棒棒糖變小的模樣。

「現在變成怎樣了？」

聽他如此詢問，哥哥一派輕鬆地從口中拔出棒棒糖。哥哥的嘴唇因融化的砂糖而顯得黏稠，閃閃生輝。

「嗯，謝謝你。」小鳥叔叔說。

他並不是想要舔一口。要是不確認棒棒糖是否眞的變小，他擔心哥哥會一直這樣緊閉著嘴巴，不管什麼語言，最後連一句話也不說了。等到那最後始終緊抓著竹籤前端不放的一小塊糖融化消失後，小鳥叔叔這才暗自鬆了口氣。

哥哥之所以對波波情有獨鍾，也許是因爲製造商的商標是小鳥圖案。雖然不清楚是何種鳥，但有著渾圓身體、小巧鳥喙，與棒棒糖同樣顏色的小鳥圖案印滿整張包裝紙。牠伸展雙翅，愉悅地鼓起胸膛，以面露微笑般的表情翱翔天際。

這些包裝紙，哥哥絕不會扔。每吃完一個，他就細心地把皺褶攤平，收進專用的盒子裡。當然了，小鳥叔叔自己的包裝紙也會給他。

某天，哥哥開始把整盒包裝紙一張一張用糨糊拼貼在一起。他在餐桌上攤開材料，一連好幾天埋首於這項工作中。

「你在做什麼？」

小鳥叔叔問過幾次，哥哥始終沒停下手中的工作，就只是語帶含糊地回道：「嗯，就做個東西……」

小鳥叔叔明白，這項工作不像表面看起來那麼單純。哥哥並非只是把包裝紙黏在一起，他讓邊角微微錯開，讓外緣形成和緩的斜面，配色上也特別用心，不讓重疊的顏色變得混雜，而是讓它們產生微妙的美麗變化。

桌面上墊著報紙，他以食指蘸取適量的糨糊，塗抹在包裝紙背面，以目視測量那不到一毫米的偏移寬度，讓包裝紙交疊在一起。這項作業一再反覆。小鳥叔叔坐在餐桌對面，緊盯著哥哥的動作，百看不厭。哥哥成了全世界最懂得巧妙善用波波包裝紙的人。就算是每天都在包裝棒棒糖的零食工廠員工，恐怕也比不上他。他不會抹太多糨糊，也不會因目測錯誤使得斜面角度變得不自然。每張包裝紙雖然看起來一個樣，但其實會因裁切而有些許誤差，但哥哥的手指甚至能迅速感應到這些誤差隨之調整。

我也好想試試，就算只能做一片也好——小鳥叔叔心裡這麼想但始終說不出口。他不想妨礙哥哥。哥哥的手指因乾掉的糨糊而變得粗糙，報紙也因爲這充滿緊張的步驟而變得皺巴巴，盒裡的包裝紙則是耐心十足等著輪到自己上場。

「這些全部都要貼嗎？會變成什麼？」小鳥叔叔再也按捺不住，開口提問。

「會變成什麼呢……」

不同於動作的精細，哥哥的回答顯得很不可靠，卻未流露困惑之色。那口吻就像連他也無法說明自己究竟想要做什麼。

這段時間裡，包裝紙依舊一張一張疊合在一起。那隻商標的小鳥經哥哥的手一一捧起，在他掌中溫熱，收進全新的巢箱裡。微微殘留的棒棒糖香氣，漸漸盈滿整個巢箱。

貼在最上頭的最後一張包裝紙，莫非是一開始就決定好了？那和孤兒院鳥屋裡的檸檬金絲雀一樣，是黃色的包裝紙。所有包裝紙都貼在一塊後，頓時顯得立體，再也不只是用來包裝棒棒糖、很快就被人揉成一團丟棄的包裝紙。此刻它所呈現的厚實，感覺堅固而不鬆弛，具有扎實的分量。明明花了好大一番工夫製作，卻顯得渾然天成，彷彿一切是那麼自然，一直以它原本的樣貌存在。而當中最引人注目的，就屬那所有顏色交疊、一路相連而成的側面。

「我可以摸嗎？」小鳥叔叔忍不住脫口說道。

「嗯，可以啊。」哥哥說。

那是滑順的地層。耗費時間一再堆疊而成的證據，從它的滑順中傳達而來。彼此的顏色並不相互影響，顯得如此和諧，讓人忘卻原本有十多種顏色，就此創造出一種全新的色澤。

「真厲害。」

小鳥叔叔坦然說出心中感想。哥哥沉默不語，就只是低著頭，撕下手中乾掉的糨糊。

眞正厲害的在後頭。哥哥就像挖掘遺跡般，拿起美工刀，一刀切入地層。他裁切出一隻小鳥。一隻展開雙翅，鼓起胸膛，翱翔天際的檸檬黃小鳥。

哥哥用黏合劑把安全別針黏在上頭，做成小鳥胸針，送給母親作爲生日禮物。母親不論是在家還是出外採買，都會將它別在左胸上。這隻檸檬黃小鳥在母親胸前展開雙翅，讓人聯想到沉睡在不同地層裡的那些五顏六色的小鳥。這是母親最後一次過生日。

3

母親因罹患難治的血液疾病死後，過了九年，即將自大學屆齡退休的父親突然喪命。暑假時，他與研討會的學生和助理一同在民宿集訓，卻在海中溺斃。

當時民宿主人正忙著準備早餐，隔著廚房的窗戶看見他進入海中的身影，也覺得奇怪，怎麼會這麼早下水，一會兒後再次望向窗外，發現他已被海浪吞沒。民宿主人對前來帶父親回去的小鳥叔叔說：一開始我還以爲是魚跳離水面，那濺起的水花在朝霞的映染下，閃耀著美麗的光芒。

爲什麼父親一大早要獨自下海游泳，無人知曉。集訓的自由活動時間，大家都開心地玩海水浴，只有父親獨自關在房間裡，從沒在沙灘上露臉，學生也都以爲教授不會游泳。但那天清早，他獨自一人換上海灘褲，連一條毛巾也沒帶，在沒做暖身運動的情況下，整個人泡進仍留有夜裡寒氣的海水。他身上穿的是老舊的海灘褲，嚴重褪色，看不出原本的圖案，腰部的繫繩也破破爛爛，臀部的布面嚴重磨損，只要稍微用力一扯，恐怕便會扯破。認屍的時候，小鳥叔叔覺得那條海灘褲其實老早就已斷氣；而父親陰錯陽差存留於世的身軀，彷彿這才回到它理應存在的地方。父親臉上是安心的表情，取代原本的苦悶。

雙親亡故時，哥哥二十九歲，小鳥叔叔二十二歲。從那之後，家中就只剩他們倆一起生活。

小鳥叔叔在金屬加工公司的迎賓館擔任管理人，從家中騎單車僅需十分鐘的路程。畢竟是比較有時間彈性的工作，覺得不放心的時候，便可馬上返家察看哥哥的情況。

迎賓館是由公司把昔日地方財主家所持有的別墅買下，改建而成，位於斜坡上日照充足的庭院是玫瑰園。宅邸外觀是疊砌的石塊，無一處不是作工精細，風格獨具。雖然稱不上寬敞，但多虧有一座朝南面挺出的陽臺，呈現出悠閒的氣氛。聚餐用的大廳、聊天室、吸菸室、日光浴室等空間，也打造得舒適宜人。

小鳥叔叔的工作就是讓這裡維持最佳狀態，隨時都能迎接賓客的到來。安排清潔工人和玫瑰花匠定期維護、檢查空調設備、清潔窗簾和地毯、採購補充消耗品、修理家具等，工作繁多，但並不忙碌。他就只是聯絡業者、寫訂單，實際四處奔忙的全是外面來的人。小鳥叔叔大部分的工作，就是看他們有沒有履行約定好好工作。這工作就只是低調地在老舊的屋子裡四處走動，沒有任何創造可言。小鳥叔叔對此很滿意。

有間半地下室的小房間，充當管理人專用的辦公室。除了鍋爐室和倉庫外，那是迎賓館裡唯一照不到陽光的房間。不僅是陽光，和高雅的裝飾或玫瑰園也沒半點關聯。牆邊就只擺了簡樸的辦公桌和旋轉椅，再來就只會看到固定式層架上整排的書，除此別無他物。天花板低矮，牆壁塗漆剝落，地板又濕又冷。與地面同樣高度的小窗已有好幾年沒試著打開，窗鎖已無法轉動。

小鳥叔叔待在這個房間裡，等候總公司打電話來通知迎賓館賓客的入住日期。一個月頂多只有二、三次接待賓客的機會，其他日子一直都是在等候陌生的來訪者。一旦入住的賓客敲定，之後的準備工作當然依人數和目的而有各種改變，但不管在什麼情況下，小鳥叔叔都能迅速因應。與外燴廚師討論、確認餐具、補充酒類、準備伴手禮。該做的事向來固定。

賓客的職業形形色色。有往來客戶的相關人士，也有官員。有學者，也有藝術家。有人遠從國外來訪，也有人是攜家帶眷前來。小鳥叔叔在車廊迎接他們，但沒人會朝這個站在一旁駝著背、垂眼盯著地面的男子多看一眼。那和樂的談笑、溫熱的佳肴氣味就近在眼前，但這全都是在小鳥叔叔無法企及的場所發生的事。在迎賓館中，他就像不想驚擾啄食樹果的小鳥般，躡腳而行，屏氣斂息，無比悄靜，彷彿連影子也要一併消除。他絲毫不以爲苦。不去打擾賓客的心思，不從他們的眼前橫越，當然也不會有隻字片語的交談，就此平安無事地目送他們離去。讓小鳥盡情享用糧食，以耐寒冬，平安無事地回歸巢穴。這就是小鳥叔叔的願望。

沒有賓客的日子，他慣例在中午十二點關門，在半路上的麵包店買兩份三明治，暫時先回家一趟。關門五分鐘，騎單車十分鐘，在麵包店購物五分鐘，在這樣的計算下，爲了能在十二點二十分準時吃午餐，哥哥會熱好罐頭濃湯等他返家。鍋裡的濃湯既不會煮得太乾，也不會半生不熟，熱度恰到好處。

兩人在餐桌前迎面而坐，一起吃三明治。如果放著不管，哥哥會只挑喜歡的蛋和鹹牛肉吃。小鳥叔叔顧及他的營養，會勸他也一併吃番茄和黃瓜。

「嗯。」

哥哥如此應道，乖乖聽從。

兩人鮮少閒聊。頂多只有哥哥微微談到上午出現在中庭的野鳥，小鳥叔叔隨口附和幾句，有時不知道鳥的種類，便翻開野鳥圖鑑加以確認。圖鑑總是擺在餐桌角落，所受的待遇跟鹽罐、胡椒罐、桌巾完全相同。拜此之賜，小鳥叔叔很快便學會遠東山雀、小星頭啄木鳥、棕耳鵯的「波波語」該怎麼說。

「今天來了一隻斑點鶇。」

「那表示冬天已經來了。」

「嗯。」

「你把蘋果插在樹枝上了嗎？」

「可是，斑點鶇不吃蘋果。」

「爲什麼？」

「因爲牠有些顧慮。」

「哦。」

「因爲有一隻棕耳鵯先來了。」

「牠們感情不好嗎？」

「棕耳鵯活潑好動，一頭蓬鬆的毛，相當淘氣。斑點鶇被牠的氣勢壓制，只能在地面翻土。」

「牠都不會跟對方打架呢。」

「不會。牠就只是翻找土裡的蟲子。既不會沮喪，也不會哭哭啼啼。就只是有些顧慮。」

「哦，原來是這樣啊……」

「不過，牠會吃棕耳鵯吃剩掉落的蘋果屑喲。」

哥哥不曾問過小鳥叔叔有關工作的事。小鳥的話題結束後，兩人又恢復原本的安靜，餐廳裡只聽得見吞嚥三明治和喝湯的聲音。斑點鶇和棕耳鵯都不知道飛到哪兒去了。

用完餐後，接著吃哥哥切好的蘋果。這是餵小鳥剩下的蘋果。哥哥做得出那麼漂亮的小鳥胸針，自然也同樣能漂亮地切好蘋果。

十二點四十五分一到，小鳥叔叔便騎上單車，返回迎賓館。哥哥會清洗餐具、清洗空罐頭、闔上圖鑑，再來就是一直等候小鳥叔叔再次返家。

每週三到青空商店購物的習慣，哥哥仍然延續至今。小鳥叔叔因爲工作無法同行；原本的老闆過世後由女兒繼承家業，店面由原本的雜貨店改爲青空藥局。許多事隨著時間流逝而改變，但不知爲何，唯獨波波還是和以前一樣繼續販售。顏色的種類、大小、包裝紙設計，依舊如昔，裝在瓶蓋生鏽的寬口玻璃瓶裡。

騎單車經過店門前的時候，小鳥叔叔總是忍不住望向玻璃瓶，就此陷入一種錯覺，懷疑從他和哥哥一起來買糖的小時候到現在，瓶子裡一直是同樣的東西。彷彿那是專爲哥哥擺出的瓶子，不會賣給其他客人。底端至今還有靜靜等著被選中的波波，儘管幾乎已成了化石。不論是十年，還是二十年，始終等候著成爲小鳥胸針的那天到來……他在腦中恣意想像。

店內取代洗潔糊擺出的，是感冒藥和瀉藥；取代食用油擺出的，是化妝水和冷霜；從天花板垂掛的鍋子和蟲籠變成藥品公司的廣告吊飾，但依舊無損於這個安全的巢穴所散發的氣息。新的老闆除了那用來遮掩頭髮稀疏的絲巾外，從蒼白的臉色到說話口吻都和前老闆如出一轍。對於這個星期三的客人，新老闆似乎已接受過特別交代，會先詢問他想要什麼顏色，然後取出底端的一根棒棒糖，如實地承襲這個步驟。新老闆同樣也一定會搞錯顏色。

母親原本希望去青空藥局購物這件事能像儀式般，成爲某種社會訓練，但這個願望早已落空。不過，唯獨波波是哥哥與外頭世界連接的一條細線，這點依舊沒變。哥哥就像要持續遵守多年前與母親的約定般，每週都外出買波波。

下班返家後，看見餐桌上擺了一根新的波波，小鳥叔叔便會心想「原來今天是星期三」；而星期二晚上，只要看到哥哥在舔波波，他就會心想，「明天就是星期三了」。

「記得要關瓦斯爐。」

小鳥叔叔如此叮囑，也算是儀式之一。

「出門別忘了上鎖。因爲錢就放在碗櫃抽屜裡。」

哥哥含著波波點頭。他從來沒忘了關爐火、或是忘了鎖門，或是掉錢。

小鳥胸針即將完成第六個。包裝紙累積到一定的存量後，哥哥就會動手製作。步驟依舊沒變，已耗用了不少糨糊和美工刀刀片。先是黃色，再來是紫色、紅色、藍色、水藍色，最上層的顏色會依序改變。做完後，便擺在母親的照片前作爲裝飾。

與第一隻檸檬黃的小鳥相比，哥哥的手藝不斷進步，不論是地層的緊密度，還是美工刀的運用，都顯得更爲純熟。不過小鳥叔叔仍舊最喜歡一開始那個檸檬黃胸針，對於它生澀中帶點拘謹的氣質情有獨鍾。

大多數週末，迎賓館都放假，但兩人幾乎哪兒也不去。小鳥叔叔頂多只到超市採買，或是去圖書館，剩下的時間都忙著打掃，或是爲了預防自己工作晚歸，先替哥哥做好菜，放進冰箱冷凍，假日就這樣度過。小鳥叔叔忙著煮奶油燉菜、揉可樂餅、包燒賣的時候，一旁的哥哥則是靜靜聆聽庭院裡野鳥的聲音。

晚上兩人會一起聽廣播。不局限於節目類型，他們聽小說朗讀，也聽歌劇公演直播。收音機放在起居室角落一座舊櫃子上，一旁就是母親的照片。在豎耳細聽這方面，哥哥擁有過人的才能。就算他沒發表感想，只要看他的模樣，就能明白他是多麼深刻感受從收音機裡傳出的每個字句、每個聲音。他體內化爲空蕩蕩的透明，只將耳朵獻給小鳥、朗讀，還有歌劇。這些聲音不會受到其他不必要的東西打擾，甚至拋卻任何意義，以原本的姿態滲進哥哥體內。

晚餐的餐具清洗完畢，廚房也整理乾淨，再無其他麻煩事。拉起起居室的窗簾，打開燈，夜晚的黑暗就此驅逐在外。小鳥平安歸巢後，庭院裡一片悄靜，只有他們兄弟倆坐在這棟小屋子中央。廣播裡傳來某個遙遠國度的童話。或是歌劇女主角懷中抱著即將死去的愛人，唱出心中悲嘆的詠嘆調。哥哥十指在身前交握，視線落在自己手指，爲了不錯過任何細微的聲音，他靜靜屏息。看起來宛如哥哥全身都變成了耳朵。那耳朵跪倒在聲音前。

小鳥叔叔心想，這世界的任何聲音只會在哥哥耳中展現眞正的樣貌。爲了不妨礙哥哥，小鳥叔叔謹愼地替哥哥重新倒茶，每當收訊不佳，就微微調整天線。他自己也學哥哥，認眞聆聽廣播。照片裡的母親和小鳥胸針也一起豎耳細聽。但就是達不到哥哥的境界。

「已經很晚了，我們睡吧。」

小鳥叔叔看準適當的時機說道。

「嗯。」

關掉廣播後，聲音仍在耳中殘留了一陣子，可能是這個緣故，哥哥走上二樓寢室時，顯得步履虛浮。

「晚安。」

「晚安。」

在波波語中，小鳥叔叔最喜歡的一句話就屬「晚安」了。這聲音一聽就讓人明白它是用來表示夜裡的小別，給人懷念、仁慈之感，就算聲音再細小，一樣能傳向黑暗遠方的某一個點。雖然心裡有預感，哥哥的「晚安」經過一再的重疊後，總有一天會變成「再見」，但每到睡覺時間，他就會想再聽到這一句「晚安」。

「晚安。」

儘管明白這聲晚安已傳不進哥哥耳中，小鳥叔叔還是望著樓梯前方的黑暗，再次如此低語。

在迎賓館工作了五年左右，上司要他把累積的特休休完，於是他籌備了一場兄弟兩人的旅行。

「我們去住高原的小木屋吧。」

小鳥叔叔如此提議。但哥哥顯得興趣缺缺。

「那裡有很多野鳥哦。」

就算搬出小鳥來，也沒什麼效果。

「那我們來烤肉吧。在鐵板上烤香腸和洋蔥。而且不會耽誤到星期三，所以你還是可以去青空藥局。」

哥哥在不置可否的情況下，打包起旅行的物品。雖然顯得不太情願，準備得倒是很澈底。儘管只預訂了兩天一夜的旅行，哥哥決定帶去的行李量，兩個波士頓包根本無法容納。

六套內衣褲、三條替換的長褲、四件毛衣、六件白襯衫、毛線帽、肚圍、雨衣、雙筒望遠鏡、髮梳、針線包、鞋油、止癢軟膏、貼布、腸胃藥、指南針、果汁瓶蓋、濃湯罐頭、收音機、野鳥圖鑑、母親的照片……在起居室的地板上一字排開。哥哥把這些東西塞進包包裡，接著又取出，改變順序和折疊方式後，又重新塞進包包裡，如此一再反覆。小鳥叔叔見狀，非得從儲藏室裡再多拿出一個父親的波士頓包不可。這是父親生前因學會的關係前往各地旅行時所用的旅行包。

「大可不必強迫自己全都帶去哦。」

小鳥叔叔如此說道，但哥哥心裡所想的，不是減少行李，而是如何把所有行李塞進旅行包裡。隨著出發日一天一天逼近，哥哥還是不死心，專注地投入準備。途中還加上新的行李（痱子粉、魚肝油、沙漏等），自己提高了難度。他那坐在地板上的模樣，活像是一隻漂流物包圍的海鳥。

令人驚訝的是，最後哥哥竟然把所有該帶的行李都塞進了三個波士頓包裡。每個行李都壓縮到極限，擠在一塊，互相妥協，在波士頓包裡化為一個塊體。不管再怎麼微不足道的空間，都有形狀相符的物品將之塡滿，重的物品在底端承受重量，輕的物品則是在上方靜靜斂息，盡可能不造成下方的負擔。最後，第三個波士頓包的上方剩下的唯一空隙，放進哥哥小時候的白色籃子。那是之前去拜訪語言學者的研究所時帶去的籃子。在同樣裝有玻璃彈珠、夾子、碘酒瓶、捲尺的籃子裡，哥哥又加進上週買的波波。波士頓包的拉鏈發出滑順的聲響，就此闔攏，就像證明他的作業完美結束。

出發當天，兄弟倆分提波士頓包，哥哥提兩個，小鳥叔叔提一個，從家裡出發。直到臨行之際，小鳥叔叔還在忙著準備火車上要吃的便當，而在這段時間，哥哥爬上梯凳，朝庭院裡的東北紅豆杉樹枝插上比平時切得更大塊的蘋果。兩人的服裝看起來比平時潔淨清爽許多。哥哥穿著印度棉涼爽白襯衫搭西裝褲，腳下穿的是新買的運動鞋。全是小鳥叔叔為了這天特地去百貨公司買來的。頭髮也學小鳥叔叔噴上整髮液。

兩人一同走向公車站。波士頓包很沉重，兩人只能沿著磚牆走，步履蹣跚。剛升起的太陽很快便照向他們，哥哥的襯衫轉眼已滿是濕汗。

「隨時都能和我換手哦。」

小鳥叔叔伸出空著的手說道。

「不用，沒關係。」

哥哥拎著旅行包的手重新握緊，如此應道。

夏日陽光毫不留情地覆向兩人背後。青空藥局還沒開門，門簾緊閉，蟬聲形成渦漩，從公園傳來。

「高原涼爽嗎？」哥哥問。

「嗯，很涼爽。」小鳥叔叔應道。

「小木屋有兩張床嗎？」

「有。」

「枕頭呢？」

「有兩個。」

「不會因爲烤肉燙傷吧？」

「不會。」

「那裡收得到廣播嗎？」

「收得到。」

這時兩人繞過巷弄，來到幼稚園的鳥屋前。正值暑假，不見人影，就只有小鳥和平時一樣活力充沛地飛來飛去。

「我要回家。」哥哥停下腳步，靠向柵欄說道。

「咦？」小鳥叔叔反問。

「我要回家。」

哥哥用同樣的口吻又說了一遍，提著波士頓包，更用力靠向柵欄。這裡就像是他觀賞鳥屋的指定座位，已照著他的體形形成一處凹陷。哥哥的身體正好就容納在那處凹陷中。

「再走幾步路到那條大馬路，就是公車站了。」

小鳥叔叔指著巷弄對面。

「只要坐上公車，再搭火車，就能到那座高原。床和枕頭都有兩個，吃得到烤肉，也不會燙傷，有廣播可聽，還有涼爽的小木屋可住啊。」

但哥哥再也不肯往前邁出一步。

最後，兩人折返回家，換下衣服，把波士頓包裡的東西全部物歸原處。到了中午，就打開便當吃。

「唉——累死了。」

把轉涼的茶一飲而盡後，兩人躺向沙發。就像剛旅行返家般，感到一股舒暢的疲憊。

從那之後，兄弟倆便不再出外旅行。兩人一起外出，最遠只會到幼稚園的鳥屋前，不知何時這成了他們的規矩。從住家往鳥屋這段路上，有內科、腸胃外科的私人診所，有牙醫、理髮店、眼鏡行、電器行、青空藥局，哥哥需要的一應俱全。除此之外，哪兒也不需要去。他只要把行李塞進波士頓包就足夠了。

小鳥叔叔每年還是會安排一、二次旅行計畫，哥哥也會配合準備行李。到火山湖畔釣魚露營、到深山的修道院參觀、到療養所泡溫泉、搭小艇順著運河而下、到雪山的出租別墅滑雪、到孤島享受海水浴、參觀石器時代的遺跡和博物館……各種旅行皆有。小鳥叔叔攤開地圖，用紅色鉛筆圈出目的地，查看時刻表，思考怎樣轉乘火車才能最快到達，用旅遊指南找住宿，計算交通費，把行程記在報告用紙上。

哥哥一概不對旅行的去處表示意見，全交由小鳥叔叔決定，但他也絕非漠不關心。基於負責打包行李的一份責任，每當計畫開始，他便多方提問，蒐集所需的必要資訊。

例如湖的水深有幾公尺？修道院的地板是什麼材質？小艇上備有幾件救生衣？前往孤島的渡輪是否備有暈船藥？博物館裡的溫度設定是幾度？

每個問題都切中核心。小鳥叔叔想盡可能正確回答他的問題，於是打電話問渡輪公司，或是翻找百科全書。

行程表完成後，接下來就換哥哥上場。他從衣櫃抽屜、廚房的地下收納層板、洗臉臺上、閣樓房間，拉出他認定需要的東西，擺在地板上。當然了，選擇的標準依去處和目的而變化。若要參觀遺跡，爲了不傷及重要的遺物，會選擇膠底鞋和工作手套；若要泡溫泉，會選擇銼刀，好用來削磨泡脹的腳跟皮；若要釣魚，則會選擇魚類圖鑑。就連那些想不透爲何要準備的物品，也一定有他攜帶的理由。果汁的瓶蓋，是爲了避免迷路而留在山路上當路標，至於沙漏，是萬一他與小鳥叔叔走失，可以緊盯著落下的沙子瞧，藉此排解心中的不安。

所有旅行，哥哥一定攜帶五樣東西同行，沒有一次例外。分別是收音機、濃湯罐頭、野鳥圖鑑、母親的照片、白色籃子。他總會在波士頓包裡替它們保留特別的位子。

小鳥叔叔光是看到這些行李全員到齊，就能想像接下來要前往的目的地風景。迴廊那一整排延伸而去的柱子、漂浮在運河水面的水草隨波而流、落在哥哥滑雪帽上的亮白雪花，全都歷歷在目。

哥哥拿來沉重的行李。一直到最後，都在幫忙留意有沒有什麼忘了帶。不管要去哪裡參觀，哥哥都不會覺得無聊，也絕不多話，就只是認眞地來回踱步，或是熟讀說明事項，發出「哦——」的感嘆聲，小心翼翼把宣傳手冊收進衣內口袋，避免遺失。在溫泉地，他會遵守張貼在入口處的「正確入浴方式」，而在海水浴場，他不會忘記父親遭遇的事故，仔細暖身。彷彿這麼做才有禮貌似的，哥哥完全照小鳥叔叔安排的行程表行動，絕不提出任性的要求。因爲覺得這是難得的旅行，晚餐會小奢侈一下，享受高級的西餐，小酌紅酒。接著大膽地點一份特大栗子奶油香緹當甜點。兩人都吃得好撐。也會記得買伴手禮。小鳥叔叔買來送迎賓館往來的業者，哥哥買來送青空藥局的老闆，挑選的是別具巧思的小禮物。晚上還是一樣打開收音機。在旅行的地方收訊不佳，聽到的聲音斷斷續續，但拜此之賜，他們才得以深切感受到自己來到多遠的地方。

哥哥置身在行李當中，顯得很嬌小。看起來宛如他自己也是應該放進波士頓包裡的行李之一。他愼重地打包。隨著打包次數的累積，他的動作變得俐落，但這依舊是個需要專注力的工作。只要搞錯一個步驟，裝不進旅行包裡的行李就會滿出，最後勢必得又從頭來過。那三個波士頓包裡的東西，遵守著極爲嚴密的秩序，遠非小鳥叔叔安排的行程表所能比。

起居室裡擺滿一地的物品，在哥哥手中逐一放進波士頓包，就此消失，小鳥叔叔很喜歡欣賞這幕景象。望著哥哥俐落的動作，便覺得這趟旅行鐵定安全，他們所在的世界一片祥和。

「好，完成了。」

拉上第三個波士頓包的拉鏈後，哥哥說道。

「嗯。」小鳥叔叔應道。

這就是他們兩人的旅行。

一個星期六的午後，小鳥叔叔下班後，兩人一同去看幼稚園的鳥屋。學童全回家了，沒人留下。孤兒院是什麼時候變成幼稚園、這棟建築什麼時候改建、攀爬架和沙坑是什麼時候建造的，小鳥叔叔想不起來。他唯一清楚知道的，就是那裡有一座鳥屋，哥哥總會望著鳥屋。

只要看到柵欄處的凹陷，就知道哥哥即使自己一個人也常到這裡來，在此度過漫長的時間。他側著身，左肩和腰部緊抵著柵欄，左手在胸前曲起，右手則緊抓著柵欄。彷彿想縮短與鳥屋之間那數十公分的距離般，不知不覺地臉朝小鳥的方向貼近，額頭和臉頰嵌進柵欄的網眼裡。他沒有特別使勁，也不覺得疼痛，姿勢看起來很自然。小鳥叔叔則是默默站在他背後。

幼稚園的後門沒鎖，只要鬆開門閂，便可輕易進入。也許只要稍微動點腦筋，連鳥屋也能打開。就算沒辦法打開，只要把手指伸進鐵絲網縫隙裡，應該就能碰觸到小鳥。但哥哥絕不會對小鳥展現出這種過度親暱的態度。他既不吹口哨，也不跟小鳥說話，就只是一味守在自己的位置上，注視著牠們。小鳥叔叔心想，如果哥哥用波波語跟小鳥說話，牠們可能會做出比我更準確的回應。

孤兒院時期，鳥屋裡還有許多金絲雀，但現在已經退流行了，不知不覺間，鳥屋成了十姊妹的天下。小鳥叔叔想起以前覺得檸檬黃金絲雀看起來很可口的往事。相較之下，十姊妹實在是土得令人同情。從臉頰往背後和脖子周圍擴散的毛色，是很不起眼的土黃色，而且紋路就像用開花的毛筆大筆亂揮所塗成一般，亂無章法。

「十姊妹鳥是姊妹。」

哥哥彷彿從柵欄的網眼中悄悄呼氣般，如此低語。

「嗯，是啊。」

小鳥叔叔頷首。

「感情好的姊妹。」

「在這裡的都是姊妹嗎？」

「十個姊妹。」

「那可眞熱鬧呢。」

「我們只有兩個。」

小鳥叔叔望向哥哥清瘦的背影，這才留意到他後腦的頭髮稀疏許多。

打小起，直到長大成人，哥哥始終比他高。哥哥的鼻梁高挺，眉眼處形成濃濃的暗影，乾燥的雙唇總是緊閉著。小鳥叔叔就不一樣了，他五官平面，沒有特別突出之處，鼻子、腳、耳朵，也比哥哥來得小。明明長得不像，但只要兩人站在一起，任誰看了也知道他們是兄弟，更能準確說出誰是哥哥、誰是弟弟。

十姊妹沒一刻安分。翅膀、鳥喙、腳、眼睛，始終有個部分在動，彷彿深信自己是只要片刻停住不動就會喪命的生物，就此不斷揮灑精力。有的在飲水處振翅，有的獨占鞦韆，有的躲在鳥巢裡。儘管如此恣意妄爲，牠們仍然察覺到哥哥的存在，不管擺出什麼姿勢還是很留意哥哥，不讓他從視線中消失。至於小鳥叔叔，牠們打從一開始就看出他只是個跟班，完全不以為意。

這時，一陣特別清晰的歌聲突然高聲傳來。以這陣歌聲當信號，幾隻小鳥一同振翅，其他幾隻則是在棲木上左右跑。不管是哪一種小鳥，只要一張開翅膀，看起來都大得驚人。看了讓人忍不住想脫口說一句：這麼大的身子平時到底藏哪兒去了？這讓他明白，翅膀底下暗藏了他想像不到的某個東西，同時猛然驚覺，那在棲木上踩著小碎步的雙腳看起來竟是如此蒼老。與柔軟的羽毛、堅硬的鳥喙、不帶半點暗影的清澈眼珠相比，這兩隻腳是如此纖細。還有那柔弱的膚色，就像內臟不小心掉出來似的，而且上頭還有無數顆小肉球。無關於小鳥的想法，兀自隆起的這些小肉球彼此貼合相連，並有多處泛黑，在每一隻鳥身上刻畫出獨特的圖案。不管看起來再怎麼精力充沛，那雙腳一樣瞞不了人。那裡是牠們在世的時間所堆積凝聚而成。

哥哥做的小鳥胸針，鳥足藏在翅膀底下，看不見，但是否也和十姊妹一樣有蒼老的肉球呢？放在青空藥局的寬口玻璃瓶裡，也會慢慢隆起肉球嗎？那肉球摸起來不知道是什麼觸感。會跟哥哥粗糙的腳跟同樣觸感嗎？小鳥叔叔聆聽十姊妹的歌聲，同時思索著此事。

歌聲持續，不曾間斷。唱歌的是霸占棲木正中位置的一隻鳥，頭頂是一片白毛，如同頂著殘雪。從牠喉嚨深處不斷湧出的歌聲宏亮，與牠嬌小的身軀很不搭調，技巧精細，有高低、有強弱、有斷音、有顫音。有序曲，有主旋律，有間奏，有高潮。一應俱全。

「小鳥唱的歌，全都是愛之歌。」

小鳥叔叔想起哥哥曾告訴他這件事。聽哥哥若無其事地說出「愛之歌」這樣浪漫的話語，不知爲何，小鳥叔叔覺得很難爲情，只能語帶含糊地回一句：「哦，這樣啊……」但如果聽過十姊妹的歌聲，就會明白這確實是爲愛而唱的歌曲。歌聲中滿含眞切，讓人覺得，如果不是爲了愛，生物應該不會這麼賣力吧。

哥哥豎耳細聽，注視著牠們求愛的發展。彎在胸前的左手變得冰冷，右手手指發麻，唯獨耳垂仍保有溫熱。趁著那隻鳥長長的歌聲中斷的瞬間空檔，接著換鳥屋角落的另一隻鳥唱了起來。聲音的豔麗、旋律、節奏，都與剛才那隻鳥略有不同，帶有些許生澀。見這聲音不夠成熟，另一隻鳥也插了進來。眼睛長在頭部兩側的小鳥，想看清楚的時候會偏著頭，一副若有所思的模樣；同樣的，哥哥的耳朵也深深往一邊斜傾。

除了兩兄弟外，沒人在聽小鳥的歌聲。學童都不見了，老師也不見蹤影，偶爾路過的行人也會小跑步離去，就像不想和他們兩人扯上關係般。

哥哥的耳朵能夠準確地聽取小鳥的歌聲。從夾雜在每個聲音間的細微吐息，到隱藏在鳥喙深處黑暗中的舌頭顫動，小鳥發出的聲音他一律接收，並理解這當中展現的含義。所以哥哥很清楚，牠們絕不是在爲他獻愛。

「我們也該回家了。」

夜幕悄然掩至。看準時間開口，向來是小鳥叔叔扮演的角色。

「嗯。」

而哥哥向來也都不會違抗。

4

某天，小鳥叔叔從迎賓館返家的路上，一如平時正要路過青空藥局，突然覺得有個東西吸引他，就此停下單車。藥局裡有個年近半百的客人正隔著櫃檯與老闆談笑。手握單車握把的小鳥叔叔注視著玻璃門內。

那理應是他看慣的藥局，與平時無異。店內擺了雙氧水、脫脂棉、維他命錠，微微積了一層灰的玻璃櫃裡存放了限制購買的強效藥物，角落堆著沒整理的紙箱。至於波波當然還是守著收銀機旁的固定位置。

老闆和客人沒注意到小鳥叔叔，自顧自地聊天。他再次從頭檢視藥局裡的每個角落。止咳糖漿、安眠藥、蓖麻油、糯米紙、痱子粉、冷霜、髮蠟……當他目光投向從天花板垂吊而下、印有藥品公司商標的吊飾，不由得發出「啊」的一聲驚呼。

小鳥叔叔急忙立起單車腳架，走進藥局裡，插進兩人的談話中。

「不好意思，請問一下。掛在那裡的吊飾……」

兩人同時轉頭，朝這名闖入者投以納悶的目光後，竊竊私語了幾句。

「那是藥品公司的人擺在這裡宣傳用的……」

老闆回答，客人無視於小鳥叔叔，逕自離去。

「是，這我知道。我說的是附在那個吊飾上的東西……」

小鳥叔叔指著天花板。檸檬黃的小鳥胸針在那裡搖晃。

「哦——」

老闆抬眼望向小鳥，臉上浮現的表情就像在說「什麼麼，原來是那個啊」。

「是你哥擺在這裡的。」

那說話口吻就像在說，這和藥品公司的人在這裡擺吊飾是一樣的事。

「今天是星期三，你哥來過了。」

她右手搭在裝有波波的寬口瓶瓶蓋上說道。

「他來了以後，給了我那個東西。」

吊飾因爲加上一個多餘的東西，就此失去重心，小鳥也跟著搖搖欲墜。它翅膀偏斜，鳥喙朝上，勉強保持住平衡，但與飛翔的姿態相去甚遠。看起來反而像是受了傷掛在枝頭上，奄奄一息。

「爲什麼……」

面對小鳥叔叔的詢問，老闆流露爲難的神情，臉色一沉，食指划過生鏽的瓶蓋側面，發出「啾、啾」的聲響。

「我也不清楚。他像平時一樣買了一根棒棒糖，把我找他的錢收進錢包之後，就從口袋裡拿出小鳥，擺在這裡。就這樣。」

「他沒說什麼嗎？」

「有，他說了。嘰哩咕嚕說了一句話。不過你也知道的，你哥他……」

老闆說到一半突然打住，把來到嘴邊的話又嚥了回去，就像要把眼前的沉默含糊帶過般，食指往身上的白袍一抹，擦掉鐵鏽。

那是一件穿舊了的白袍。最上面的鈕釦缺了一半，插著原子筆的胸前口袋因墨水外漏而弄髒，袖口磨破。反覆清洗而鬆垮的布料忠實緊貼她那厚實豐腴的身形。

「他到底是在想什麼？」小鳥叔叔問。

「你問我，我也不知道啊。應該沒什麼特別的意思吧？」

「不，絕對不可能沒有特別意義……」

這次換小鳥叔叔突然住口。因爲這小鳥胸針是送給母親的重要生日禮物啊——他在心裡如此低語。

「那是棒棒糖的包裝紙吧。」

老闆改變聲調說道。

「是你哥做的對吧？不用問也知道。除了他之外，沒有其他客人會買這麼多棒棒糖。」

小鳥叔叔和她一起抬頭望向小鳥胸針。它沒能停在母親左胸，不能在藍天展翅翱翔，也不能發出歌聲，就這樣不安地懸在半空。可能是外頭的風吹進門縫，它不時原地轉圈，彷彿每轉一圈，就虛弱一分。

西下的陽光中，老闆的側顏更顯氣色不佳。她皮膚粗糙，臉上脫屑，切齊的短髮隨意亂翹。她的身影混雜在擺滿層架的商品中，輪廓顯得模糊，彷彿因爲長時間待在同樣的地方，影子被商品陳列架吸收了一般。就像幼稚園柵欄上哥哥體形的凹陷一樣。

小鳥叔叔心想，不論是當年的雜貨店或是現在，站在櫃檯後面的那個人是否一直都沒變化？不管哥哥買了再多波波，瓶子裡的波波也從來沒減少過；就像這樣，不管過再久，老闆還是保持相同的模樣。就只是爲了賣波波給哥哥而站在店裡。之所以取下絲巾，換上白袍，單純也只是一時興起。

「打擾了。」

這時，一個客人走進店內。

「請問有驅蟲劑嗎？」

「有哦。有錠劑和藥水，您要哪一種？」

老闆立刻從小鳥胸針上移開目光，接待進門的客人。小鳥叔叔留下這個蹲向層架下方找尋驅蟲劑的老闆，就此離開青空藥局。

「你爲什麼拿小鳥胸針送給那個藥局阿姨？」

哥哥什麼也沒說，就像是在思考如何回答般，蹙起眉頭，低吟一聲：「嗯……」

櫃子上的母親照片前方，果然少了那個檸檬黃小鳥胸針。餐桌上擺著一根他那天剛買回來的波波。

「那是你很重要的東西吧？就這麼隨便送給不是那麼親近的人，你覺得無所謂嗎？」

低吟聲逐漸變得低沉、輕細。

「我尤其喜歡你的第一個作品。你花了多少時間製作，你自己應該最清楚才對吧。」

小鳥叔叔感覺到自己說這話的當下，情緒愈來愈激動。儘管想停，話語卻自行脫口而出，在這股氣勢的壓制下，哥哥的聲音變得更加輕細，而且斷斷續續。

「你自己做的生日禮物，媽媽看了有多高興，你應該不可能忘了吧。那是媽媽唯一會戴在身上的小鳥胸針。但你現在偏偏把那個胸針……」

哥哥低著頭，手抵向眉間。

「那是遺物。是媽媽的遺物。波波語裡頭也有『遺物』這個說法吧？」

啊……我不想再說下去了……小鳥叔叔心想。他有預感，自己恐怕會說出不該講的話，造成無法彌補的過錯。

「它沒有消失啊。」

哥哥終於開口。不知何時，他已不再低吟。

「那隻檸檬黃的小鳥就在那裡啊。」

哥哥放開緊抵眉間的手，指向母親的照片。

的確，小鳥就停在母親的左胸上。它在能夠安心休憩的窩巢保護下，盡情舒展雙翅，朝天空潑灑可愛的黃色。雖然跟掛在青空藥局的那隻小鳥一點也不像，兩者確實是同一個小鳥胸針。

「所以沒問題的。媽媽還是擁有那個小鳥胸針。」

哥哥如此說道，自顧自點頭，伸手打開照片旁的收音機，傳來新聞播報的聲音。

「而且店裡的人並非跟我不親近。我認識她。她和我說過不少話。長期以來，我固定每週和她見面。她是賣我波波的重要人物。」

市議員違反選罷法、公共市場的火災、發現新的星球、水族館關門、交通資訊、氣象預報。各種新聞一一播出。在完全變暗的屋內，只響起播報員的聲音。就像靜靜聆聽小鳥求愛的歌聲那時一樣，兩人並肩而坐，默不作聲。

青空藥局裡層架的擺設明明鉅細靡遺歷歷在目，但小鳥叔叔卻怎麼也想不起老闆長什麼樣子，不由得深感納悶。浮現腦中的，就只有那鬆垮的白袍，以及取出波波時的手，除此之外，表情和長相皆是一片模糊。她對哥哥不會態度冷淡，不過，也不是個多親切的人。當然，她會賣波波給哥哥，但每次總是搞錯顏色。

每個星期三，哥哥都是如何在青空藥局買東西呢，這件事小鳥叔叔從沒細想過。他向來只擔心鑰匙和錢帶了沒，至於其他，他滿心以爲哥哥跟小時候一樣，就只是平淡地到店裡買東西。星期三的外出，是哥哥、小鳥叔叔、母親三人歷經漫長歲月磨練完成的一項規矩。

想到哥哥偷偷把小鳥胸針帶出門、遞給老闆的模樣，不知爲何，令小鳥叔叔心神不寧。他平時總擔心哥哥遭遇事故、受傷、迷路，這次的行爲與這類的事完全無關，卻在他心頭引來一陣奇怪的怒火。

隔天午休，小鳥叔叔沒回家。他在麵包店買了一人份的三明治，在迎賓館的辦公室搭著盒裝牛奶就此充當一餐。

傍晚下班返家後，見到餐桌上擺著一塊蘋果，廚房瓦斯爐上的長柄鍋裡仍留有半鍋濃湯。蘋果變色了，濃湯也涼了。

之後，小鳥叔叔每次經過青空藥局，就查看一下店內吊飾。這種事根本不重要。那胸針原本就是哥哥做的。不管他要給誰，都是他的自由。和我沒關係。小鳥叔叔想說服自己，但每次靠近藥局，總還是忍不住抬眼望向天花板。店裡的小鳥胸針漸漸增加，當然了，照片前的胸針則是逐漸減少。

每隻小鳥似乎都待得很不自在。對它們來說，空中才是它們該待的地方，但此刻它們格格不入，爲此不知所措。有的被吊飾的繩索纏住，不停掙扎，有的嚴重傾斜，彷彿隨時會掉落。而在它們底下的老闆完全沒注意到小鳥身陷危機，依舊埋沒在商品層架間。

雖然是騎著單車飛馳而過，小鳥叔叔也能迅速數出天花板下的小鳥數量。如果是小鳥數量沒增加的星期三，他就照平時的速度騎車路過，如果是數量增加的星期三，他爲了排遣心中的憤怒，會使勁踩動踏板，讓鏈條發出呼吼聲。不過他再也沒向哥哥質問胸針的事。

照片前的胸針全送給了老闆，櫃子上冷清許多，相反的，青空藥局的天花板則變得熱鬧非凡。又過了一陣子，吊飾和小鳥全都消失無蹤。漫長的夏天過去，終於迎來秋風輕吹的時節。

「藥品公司倒閉了。」

老闆說。

「所以吊飾也全扔了。畢竟，幫倒閉的公司宣傳也沒什麼用吧。」

「咦，那麼，那些小鳥……」

小鳥叔叔急忙問道。

「哦，那個啊。」

老闆打開櫃檯的抽屜。在擠滿透明膠帶、放大鏡、印泥、圖釘的凌亂中，小鳥怯生生地緊挨彼此，擠成一團。

「不好意思，可以幫我把這些還給你哥嗎？」

老闆用雙手撈起小鳥，零散地擱在櫃檯上。一共九隻。哥哥花了漫長的歲月一張一張拼貼做成地層，就像從漫長的沉睡中把它們喚醒般，挖掘出這些小鳥，現在全部合在一起，也只有這麼點大小，剛好收在老闆的雙手中。

「倒也不是擺著礙事，不過，他一次拿這麼多給我，會對我造成一些心理上的負擔。」

小鳥各自倒向不同的方向，但還是睜著渾圓的眼睛。可能是心理作用，看它們沐浴在玻璃門照進的陽光下，似乎略微褪色。

「我當然很感謝。因為他買了我們很多棒棒糖，而且連包裝紙也沒浪費。不過，我實在不知道該怎麼回應你哥。」

老闆說著說著，朝檸檬黃小鳥的屁股戳了一下。鳥喙叩的一聲撞向櫃檯。

「這到底是什麼意思呢？禮物？謝禮？獎勵？慰勞品？還是說，單純只是破爛？我只要說句謝謝就行了嗎，還是應該回禮呢？該怎樣回禮才好？總之，我實在不知該怎麼辦。幾經苦惱下，才掛在天花板上。再怎麼說，它們也是小鳥嘛。」

「嗯……」

小鳥叔叔無力地表示同意。

「還有一件令人傷腦筋的事，你哥他一來就遲遲不離開。」

「他不離開，留在這裡做什麼？」

「就一直站著。站在我面前。買完東西後也一樣。我問他，是不是還需要其他東西。但你也知道的，問了也是白問。因為我聽不懂他的回答……抱歉，希望你別介意。」

「是，當然。」

「你哥哥要的，就只有糖果。這事我也知道。就算有其他客人走進來，你哥哥還是一樣。一直靜靜聽我跟其他客人講話，完全不會打擾我們。就算一直沒搭理他，他也不會不高興，更不會胡鬧。就只是靜靜待著……對了，用這句話來形容你哥再貼切不過了。一直都靜靜的，一個安靜無聲的人。」

小鳥叔叔想像哥哥和他一樣站在這裡的模樣。一手拿著剛買的波波，另一隻手把新的小鳥胸針擺在櫃檯上。他或許說了什麼，也可能什麼也沒說。但不管怎樣，對老闆來說都一樣。她很沒自信地說了聲「謝謝」，伸手戳向小鳥的屁股，心想或許有助於緩和氣氛，但過沒多久便感到尷尬，接著漸漸感到不耐煩。甚至覺得可怕起來。

習慣沉默的哥哥，不會注意到老闆的感受。他當兩人一同擁有同樣的沉默。兩人之間只有小鳥胸針。他流露出站在幼稚園鳥屋前的眼神，注視著小鳥。

這時有客人走進。老闆心想，這樣他總會回去了吧，就此鬆了口氣，但哥哥還是沒有要離去的動靜。客人毫不顧忌地朝哥哥上下打量，就像不想和他扯上關係似的，迅速買完東西。客人買了一項商品，大概是止咳糖漿、眼藥水、胃腸藥這類的東西吧，然後接過老闆找的錢。完全沒注意到櫃檯上擺了一隻小鳥。

哥哥正靜靜聆聽小鳥胸針唱出的愛之歌。從地層底端湧出，穿過青空藥局店內的藥品，包覆裝有波波的玻璃瓶，傳向天花板的歌聲，想要傳進老闆耳中。

「好，我明白了。」

小鳥叔叔說。

「給您添麻煩了，眞的很抱歉。」

小鳥叔叔把櫃檯上的小鳥全部收好。輕輕鬆鬆放進老闆手掌中的九隻小鳥，不知爲何，竟然無法完全放進他手中，準備收進口袋時，從他掌中掉落。

「沒關係的。說了這麼多不該說的話，我才不好意思呢。」

小鳥叔叔費了好大一番工夫，才把所有小鳥胸針帶回。

「記得週三再來買棒棒糖哦。請代爲跟你哥說一聲。」

小鳥叔叔以背影承受老闆說的話，小心翼翼不讓小鳥從鼓起的口袋掉出，就此踩著單車返家。

爲什麼小鳥胸針會從青空藥局回到家中，最後小鳥叔叔還是沒把握能巧妙地向哥哥解釋清楚，除了先暫時藏在迎賓館辦公室裡的置物櫃外，他一時也想不到其他辦法。儘管這些母親的遺物又如他所願歸來，但心情始終沉重。

接下來的星期三，餐桌上沒看到波波。

「小鳥胸針沒能唱出愛之歌。」

哥哥說。他這句話並非對著誰說，而是像要讓這句話浮向空中般，小小聲說道。

「也會有這樣的小鳥。躲在鳥屋的角落裡，一直都無法唱歌的小鳥。」

不，不是這樣哦，哥哥的小鳥並沒錯，是藥品公司倒閉，如此而已，媽媽和我都知道小鳥胸針的歌唱得有多好，所以沒問題的，不需要擔心，你只要再多買些波波，繼續做胸針就行了，不必猶豫，盡情去做……

小鳥叔叔想這樣說，但實際上卻什麼也沒說，就只是靜靜把掌心抵著呆立於櫃子前的哥哥背後。

從那之後，哥哥再也沒去青空藥局了。就這樣，星期三的購物就此告終，長期以來代表著星期三的波波也就此不見蹤影。原本哥哥捨不得糖果融化，總是默默舔著，小鳥叔叔看哥哥這副模樣，很擔心他會就此不再說話，此外，在爲旅行做準備時，最後哥哥也一定會將波波放進白色籃子裡，但現在已經都不需要了。儘管沒有了波波，星期三還是在平靜中度過。

那年秋天，來了一場強烈的颱風。從日落時分起，突然風勢增強，不久後降下傾盆大雨，始終不見雨停的跡象。夜深後，雨和強風一起形成漩渦，把家中的玻璃窗打得乒瑯作響。

哥哥和小鳥叔叔還是一如平時，吃著飯後水果，在起居室裡聽廣播。當時播放的是小提琴協奏曲的演奏會。從櫃子上傳來的聲音不時因爲風的干擾而遠去，但兩人都沒有要調高音量的意思。小提琴聲旋即又乘著同樣的風飛了回來。

任憑生長的庭院樹木嚴重彎撓，黑影映在窗簾上。就像地鳴聲從遠處逼近般，傳來一陣隆隆巨響，緊接著，不時有盆栽或塑膠桶之類的東西在地上滾動的聲響，中間這段時間還有豆大的雨粒嘩啦啦打向屋頂。

哥哥一點都不害怕。不管強風再怎麼攪局，小提琴如實地照樂譜演奏，同樣的，哥哥也不受外面的世界所惑，一樣吃他的蘋果，翻閱他的野鳥圖鑑。

儘管不再製作小鳥胸針，哥哥一樣會切蘋果分給自己和小鳥，使用水果刀的刀工依舊俐落。他會流暢地削好皮，切面也緊實平整，每塊大小均等，就像用尺量過一般。

「幼稚園的鳥屋不會有事吧？」

小鳥叔叔躺在沙發上，仔細聆聽小提琴聲和風雨聲，如此說道。

「園長幫它蓋上防水布了。」

哥哥回答。

「今天傍晚。就在颱風來之前。已經仔細蓋上了。」

儘管哥哥從沒走進幼稚園內半步，但他對鳥屋無所不知。

「哦，這樣啊。」

「嗯。」

「牠們想必很害怕吧。因爲牠們那麼膽小。」

「不對。牠們不是膽小，是謹慎。」

對於「謹慎」一詞，哥哥特別加重力道。

「之前我感冒戴著口罩去鳥屋的時候，牠們全怕得四處逃竄。那也是因爲謹慎嗎？」

「對，沒錯。不是因爲害怕口罩，而是因爲和昨天不一樣，所以小心提防。

小鳥有記憶。會和記憶比較。偏著頭，分別用兩側的眼睛謹慎地比較。」

「哦，原來如此。」

小鳥叔叔想起哥哥說過，在小鳥的動作中，最喜歡牠們偏著頭的模樣。

「現在小鳥都在鳥巢裡。」

哥哥如此說道，彷彿鳥屋就在眼前似的。他的身子深深陷進沙發裡，弓著背，不知何時已把圖鑑闔上，視線落向自己指尖。

「牠們知道那裡很安全。只要靜靜待在那裡，颱風總會過去的。」

小鳥叔叔閉上眼睛，腦中浮現鳥屋層架角落裡一字排開的鳥巢。想像在那外形渾圓、稻草編成的小屋裡，小鳥緊挨著彼此的模樣。

「牠們絕對不吵不鬧。一直都靜靜的。」

靜靜的……這句話伴隨著小提琴的音色微微顫動，滲進小鳥叔叔心中。小鳥叔叔朝著眼皮裡擴散開的黑暗定睛凝視。

小鳥斂起雙翅，鳥喙緊閉，就只有眼珠圓睜，從鳥巢的開口露出臉來。平時的敏捷此刻隱藏在翅膀下，絲毫看不出。小屋裡很溫暖，瀰漫著安全的氣味，將暴風遠遠阻隔在外。牠豎耳細聽。聽得太過專注，看起來猶如翅膀微微顫抖。不了解小鳥的人會誤以爲牠是害怕，其實不然。牠聽到的聲音遠比其他人想像的還要多。在那小小的空間裡，接收到只有耐性十足、靜靜等候的人才能得到的信號。牠只是因爲那啟示的沉重，而內心爲之顫動。

一陣更強勁的風捲起。協奏曲邁入第三樂章，小提琴帶領著管弦樂團加快節拍。小鳥叔叔睜開眼睛，見到哥哥仍維持同樣的姿勢坐在原地。就跟小鳥一樣。孱弱的身子藏在鳥巢裡，只有小小的耳朵朝向外頭，以神祕的聲音低聲細語。

「哥。」

小鳥叔叔說。

「我們來養小鳥吧。」

哥哥抬起臉，露出不懂他這句話的表情。小提琴來到獨奏的樂段，發出強韌的高音，穿梭在風的縫隙間。

「哪種鳥好呢?哥，就選你喜歡的吧。文鳥、金絲雀、虎皮鸚鵡都行。」

房間微微搖晃，屋柱嘎吱作響，收音機傳來雜音。遠處響起警笛，但旋即混雜在風中，再也聽不見。

「不，或許選奇特一點的鳥比較好。好比品種改良的外國鳥。沒錯。光只是去看幼稚園的鳥屋多沒意思啊。爲什麼之前都沒想過要養呢，這才奇怪吧。這個星期天，我們去百貨公司的寵物賣場看看吧。只要你告訴我種類和顏色，我就能照你說的買回來給你。如果是你來養，不知道會照顧得多好。」

哥哥始終沉默不語。映在窗簾上的黑色樹影與哥哥的側臉重疊，看起來像是表情在搖晃。兩人之間只剩下闔上的圖鑑和空盤。圖鑑封面上，一隻豎起羽冠的太平鳥正在啄食餵鳥平臺上的蘋果。房內仍微微留有蘋果的香氣。

「我不需要小鳥。」

充分品嘗過沉默的滋味後，哥哥終於開口。終於要邁入高潮了，旋律增加了一分厚實感，小提琴也隨之響起激昂的樂音。在這股氣勢下，小鳥叔叔一時間陷入錯覺，以爲暴風雨已經平靜下來。

「我不需要小鳥。」

同樣的話語，以同樣的口吻又重複了一次。他的聲音馬上被小提琴奪走，被風聲吞沒，被水花噴濺。暴風雨根本沒平靜下來。

「幼稚園裡也有小鳥。庭院裡也有。世界各地都有。我無法決定哪個是我的。所以我不需要屬於我的小鳥。」

太平鳥旁邊是一隻小星頭啄木鳥，正攀附在樹幹上，以棘刺般的鳥喙啄著樹皮。旁邊是一隻灰喜鵲，伸展著水藍色的尾巴在炫耀。茶水濺在書上的汙漬已經變色，使得有白色眉線鑲邊的北雀鷹原本凜然生威的臉蛋顯得憨傻許多。

「嗯，我明白了。」

小鳥叔叔挺直上半身，將圖鑑推往深處後，在沙發上重新坐正說道。

「抱歉，說了沒必要說的話。」

協奏曲即將結束。樂音完全沒理會那些不時混進的雜音，結尾的裝飾音相互重疊，小提琴琴聲將它緊緊包覆，進一步推向高潮。就像在做最終的宣告般，敲響了打擊樂。而就在這一瞬間，一個更巨大的聲響響遍庭院。

那聲響伴隨著風的起伏和雨聲，帶著與協奏曲格格不入的危險氣息，沿著地底從腳下竄出。接連傳出樹枝斷折的啪嚓聲響，某個巨大沉重之物緩緩崩塌。明明應該只有黑影映在窗簾上、看不見庭院的情況才對，但不知爲何，那景象卻清楚傳遞而來。

是圍牆傾毀，還是房頂吹垮呢？小鳥叔叔感到不安，與哥哥面面相覷。兩人都沒說話，哥哥還是一樣不爲所動。絕不是因爲哥哥膽小，這就像小鳥因爲聰明而懂得豎耳細聽一樣，他就只是靜靜聆聽某個崩塌的東西發出的聲響。左胸別著小鳥胸針的母親在照片裡凝望他們兩人。

「我們的巢很安全。」

哥哥以不成聲的聲音說道。他的波波語不受任何駭人的聲音打擾，直直傳進耳中。

「我們的巢很安全。」

這句話，小鳥叔叔在心中反覆思索了二、三遍。這句話的韻味遠比小提琴還要迷人。

颱風離去的隔天早上，兩人打開面向庭院的起居室窗戶，一同望向窗外。他們花了一段時間才搞懂那聲巨響引發了什麼結果。庭院裡當然是落葉散亂一地，原本插著蘋果的東北紅豆杉樹枝斷折，陌生的涼鞋、單車罩、垃圾桶蓋翻倒在地，不過，既然庭院平時就疏於維護，這也並非多驚人的巨大變化。磚牆和屋頂都沒事。反而是灰塵全吹跑了，澄淨的晨光照耀下，庭院裡的綠意比平時更顯豔麗。

「啊。」

哥哥突然指向庭院的一隅。在他手指的前方，那間別房已崩塌毀損。

父親死後，兩人非但從沒踏進過別房半步，甚至不曾從窗戶往內看，幾乎忘了別房的存在。庭院有東北紅豆杉，有紫玉蘭，珍珠繡線菊生長茂密，樹下暗處長了一整片蕨類，而別房也和它們一樣，理所當然地存在於那裡，除此之外，再也沒別的含義。父親死後過了一段時日，小鳥叔叔心想，得整頓一下遺物才行，心裡掛念著，卻一再拖延，就這樣不知不覺間蹉跎了不少時日。每當別房映入眼中，遺物傳來的沉重壓力總令他感到陰鬱，他因而刻意對庭院西邊的這處角落視而不見。並不是因爲想起死者而感到難過，也不是因爲希望能繼續保留回憶的原貌，就只是覺得麻煩，因而忘了別房的存在。

過沒多久，別房宛如自行逐漸退向庭院暗處，在樹木間屏氣斂息，隱身藤蔓間，屋頂堆滿落葉，輪廓漸漸模糊。不知不覺間，它成了不會打擾任何人的一部分景致。

「是因爲地基腐爛了嗎？」

「眞是慘不忍睹。」

「因爲這是爸爸學別人自己蓋的房子。蓋得太簡陋。」

兩人的睡衣外頭披著開襟羊毛衫，一起走下庭院。哥哥常爲了看野鳥而踩踏地面雜草，就此形成一條通道，唯獨西邊角落一帶雜草叢生，地面積水，一片濕濘。草鵐不知是因爲颱風的緣故，昨天一整天不能四處飛，想補回來，還是想通報這場天災異變，頻頻引吭鳴唱。

「好在不是爸爸在裡頭看書的時候塌掉。」哥哥說。

聽他這話的口吻，似乎是在慶幸父親躲過這場危難。

「嗯，你說的沒錯。」小鳥叔叔回答。

別房的屋頂坍塌，四面牆傾斜扭曲，倚向圍牆，勉強撐住不倒，但已非原本的模樣。原本長在別房邊的蕨類也壓倒了，藍花西番蓮莖幹斷折，尤加利樹的樹幹嚴重受損。看起來就像唯一的主人過世後，別房展現出幾乎和植物一樣的強韌耐性，忍受主人不在的痛苦，而最後終於達到極限，從腳下崩毀……

殘骸間散落著幾本書。每一本吸飽了雨水，沾滿汙泥，有的頁面破損，有的封面倒翻，沒有一本完好。推開牆壁，仔細在凌亂的地板底下翻找，找到筆盒、墨水瓶、放大鏡、大學信封。全和工作有關。至於母親送他的紀念品、個人嗜好收藏、家人照片這類的物品，則一概沒發現。

從倒落的書桌抽屜裡掉出好幾本筆記。小鳥叔叔拂去上頭的泥巴，試著翻動頁面。似乎是論文底稿，但不太確定。這應該是以他所使用的同樣語言寫成，上頭的每一行文字卻含義不明，甚至連是不是父親的筆跡也沒把握。

「如果是波波語的話，就能看懂了，可惜不是……」

每次翻頁，就有水滴淌落，父親的文字就此暈開，消失不見。哥哥在一旁抬頭仰望樹梢，找尋草鵐的蹤跡。

最後他們只蒐集了看得到的書本和筆記，把玻璃窗和釘子這類危險的物品拆除，剩下的也沒請業者來撤走，就這樣繼續留在原地。

雖然就這樣晾著那扭曲變形的模樣，別房卻變得更加低調、更不起眼。靠向圍牆的牆壁逐漸滑落，木板在地面上交疊，屋頂、牆壁、地板就此化爲一個塊體，無從區分。這塊體腐朽，長出青苔，不知從哪裡送來的種子在此冒芽，甚至有多處開出鮮花。宛如父親的墓地。小鳥不知道那裡原本是個怎樣的地方，不時從枝頭上飛降而下，在上頭蹦跳嬉戲。

5

小鳥叔叔和哥哥相依爲命了二十三年。小鳥叔叔在迎賓館上班，哥哥負責看家，說起來，他們每天都過著這樣的生活，但兩人對此沒有任何不滿。一年總有一、二次看準宜人的時節規畫旅行，這是最令他們滿心雀躍的樂趣，去幼稚園參觀鳥屋則是呼吸般熟悉的習慣，成爲彼此日常生活的支柱。即使他們的旅行與世人大不相同，而且小鳥位在伸手搆不到的柵欄後方，依舊無損於他們這小小的滿足。

度過和昨天一樣的又一天，是小鳥叔叔最在意的事。在同樣的時間起床、上班，吃同樣菜色的午餐，同樣的收音機開關，同樣的一句「晚安」。小鳥叔叔很清楚，這麼做能讓哥哥感到安心。不管是再小的變化，例如三明治的形狀從三角形變成方形、單車故障、廣播節目的播報員換人，不免造成哥哥的負擔。就像對口罩感到驚恐的小鳥一樣，哥哥那非比尋常的謹慎會打亂他自己的呼吸，勢必得經過很長的時間一直保持平靜，他的呼吸才會穩定下來。

其中，小鳥叔叔特別提防的，就屬客人來訪了。他們並不希望有客人來。光有庭院的野鳥來訪就足夠了。但還是有人會趁他們不注意的空檔，摁下門鈴。那「叮鈴叮鈴」的聲響教人聽了渾身不愉快，坐立難安。

某個父親教過的學生以「我剛好來到這附近」的含糊理由，拎著蛋糕站在家門口。迎賓館的往來業者前來送緊急文件。從沒見過面的遠房親戚來拉壽險。值得歡迎的客人一個也沒有。但不管對象是誰，哥哥總是顯得禮貌周到。

「歡迎蒞臨寒舍。請不用拘束。」

一聽到波波語，每個人都不知所措、慌亂或退縮不前、一臉傷腦筋的模樣，無一例外。有人面露客套的笑容向小鳥叔叔求援，也有人裝沒聽見，始終不瞧哥哥一眼。也有人刻意反問一句「咦，您說什麼」。哥哥總是一再地禮貌應對。

「歡迎蒞臨寒舍。請不用拘束。」

幸好客人都不會久待。他們大致說完要事後，就顯得坐立不安，連杯茶也不喝，便匆匆離去。只有蛋糕、文件、保險的說明小冊子留在原地，不知如何自處。

在玄關目送客人離去後，哥哥會立刻動手打掃。

「一般是在客人來之前打掃才對吧。」

小鳥叔叔如此調侃，哥哥聽了之後，難為情地聳起肩，但仍沒停下手中的動作，以抹布擦拭起居室地板。他雙膝跪地，弓著背，沙發底下，乃至於櫃子後方，一一鑽進去清掃每個角落。他仔細地以抹布擦拭，並用水桶裡的水清洗，擰乾後再著手擦拭新的地方，幾乎能聽到擦地的聲響。如此一再反覆。那持續工作的模樣，活像一隻清理凌亂窩巢的勤奮小鳥。「你隨便擦擦就好」、「我們一起吃蛋糕吧」，小鳥叔叔不會說這種話，他也在等候自己的巢穴恢復原本的安全。

他們的家看重的是野鳥的來訪，而不是人。哥哥改造塌毀的別房，做成餵鳥平臺，各種鳥在此現蹤。兩人一起望著這幕景象，聆聽鳥囀，成爲平日最大的樂趣。不知不覺間，小鳥叔叔學會了模仿幾種鳥類的叫聲。太平鳥、遠東山雀、褐頭山雀、草鵐。當中他最擅長的，就是毫無顧慮地聚集在餵鳥平臺的綠繡眼。

「唧啾嚕唧啾嚕唧唧嚕唧唧嚕唧、啾嚕唧唧嚕唧唧嚕啾嚕唧……」

綠繡眼的音色，比清水、玻璃，以及這世上任何事物還要清澈。牠所唱的歌是以透明的聲音編織成的蕾絲，彷彿只要定睛凝視，就會在光線下浮現花紋。就連對待鳥兒一律平等的哥哥，也唯獨對綠繡眼的歌聲特別抱持敬意。一旦牠放聲鳴唱，不管哥哥當時在做什麼，也一定停下、仔細聆聽，直到牠鳴唱結束。也許是因爲綠繡眼長得最像小鳥胸針吧。

「唧啾嚕唧啾嚕唧嚕唧嚕……」

連日下雨而不見小鳥前來時，小鳥叔叔爲了給予慰藉，會模仿綠繡眼的叫聲，不過這當然瞞不過哥哥的耳朵。哥哥呵呵輕笑，就像要親自示範般，試著輕聲歌唱。那不是在模仿鳥叫聲，根本就是如假包換的小鳥歌聲。甚至令人以爲是小鳥胸針在唱歌。小鳥叔叔努力練習，想接近哥哥的水準，突然有個瞬間發出美麗的聲音。哥哥聽到後，直誇道「漂亮、漂亮」。

他們守護這個兩人專屬的巢穴。它靜靜藏身在不顯眼的樹葉底下。樹枝巧妙交錯，保有適當的大小，鋪在巢穴裡的稻草蓬鬆柔軟。那裡是他們倆的容身之所，沒有多餘的空間容得下其他人。

打從邁入中年，哥哥身體的狀況愈來愈多。尤其是星期三不再固定上青空藥局購物，也不再製作小鳥胸針後，他發呆的時間變多了。動不動就發燒，關節腫脹，咳嗽不止。由於他的生活圈最遠只到幼稚園的鳥屋，無法上大醫院，不得已，只能在青空藥局買藥服用，或是到附近的私人診所就診，不過，大多都只是一些小狀況，休養一、二週就能痊癒。

「這次是肚子嗎？」

小鳥叔叔說明完症狀後，青空藥局的老闆隔著白袍摩娑自己的胃問道：「是飯前疼痛，還是飯後？」

「這個麼，兩種都有……好像不是痛，而是悶悶脹脹的感覺。」

「食欲如何？」

「沒什麼食欲。」

「這樣啊。狀況不太好呢。那就讓他吃會促進胃酸分泌跟食欲的藥……」

老闆熟練地從層架上取出一盒藥，以白袍的袖口擦除上面薄薄的一層灰，擱在櫃檯上。

「吃這個很合適。藥錠比藥粉好吞服。」

「好，那就買這個。」

「每餐飯後半小時內吞一錠。」

「我知道了。」

「你哥最近身體狀況不好嗎？」

「不，沒那麼嚴重。」

「他不是都不來買糖了麼。」

老闆的口吻就像在說，哥哥不來購物是身體狀況不佳的緣故，似乎澈底忘了小鳥胸針的事。

「嗯……」

小鳥叔叔抬頭仰望。那裡已沒有藥品公司的吊飾，也沒有小鳥胸針，就只有一大片泛黑的天花板。

「胃不舒服的時候，也許別吃甜食比較好。但要是食欲不佳，覺得昏昏沉沉，吃糖果倒是不錯。如何，要買一根嗎？」

波波還放在老地方。在他們小時候起便不曾改變的寬口玻璃瓶內層層交疊。自從哥哥沒來青空藥局後，還有其他客人會買波波嗎？瓶蓋上的鏽愈來愈嚴重，看起來是很久沒打開過了。仔細想想，小鳥叔叔還沒見過哥哥以外的人舔過這東西。波波一直都只爲了哥哥而存在。

小鳥因等候過久而無精打采。雙翅無力地垂落，鳥喙變得暗沉，眼睛變得渾濁。它們無法潛藏在地層深處，也無法在某人的胸前斂起翅膀休憩，就此失去容身之處。

「不，不用了。」

小鳥叔叔急忙一把抓起胃藥，從波波上移開視線。

每次人不舒服，哥哥就會躺在床上，不會多吃，也不亂動，就只是靜靜待著。不會訴說痛苦，也不會因爲不高興而拿人出氣，不說任性的話。小鳥叔叔甚至覺得波波語裡頭該不會沒有疼痛、倦怠、噁心、痛苦這類字彙吧。

哥哥裹在毯子裡，只露出臉來，有時閉著眼，有時以他那因發燒而濕潤的黑眼珠注視著天花板。小鳥叔叔伸手進毛毯裡摩挲哥哥的胸口，不過他也沒把握這麼做是否眞能讓哥哥覺得舒服些。

「待會兒我磨些蘋果泥給你吃。然後得吃藥才行。」

「小鳥的蘋果……」

「今天早上我已經換過新的了。」

「斑點鶇……」

「沒事的，牠都會吃棕耳鵯吃剩掉下的蘋果屑。我會朝餵鳥平臺撒點牛油和花生。」

「嗯。」

「那個餵鳥平臺做得眞好。」

「褐頭山雀會來。雜色山雀也會來。」

「眞教人期待。」

「能幫得上小鳥的忙，爸爸也會很高興的。」

「嗯，是啊。」

哥哥房裡的東西少得令人覺得冷清，整理得很乾淨。就只有跟小鳥有關的幾本書、掛在衣櫥裡的幾件衣服、插在空罐裡的美工刀、小鳥的照片、以前小鳥叔叔去校外教學時當伴手禮買回來的玻璃紙鎮、用來替小鳥錄音的錄音帶、白色籃子。觸目所及就只有這些。哥哥需要的全在這兒了。

哥哥的胸膛溫熱。雖然肋骨浮凸，但傳向手掌的就只有溫熱，而不是堅硬。碰觸他胸膛時，會有一種錯覺，彷彿哥哥的身體正慢慢縮小。要是繼續撫摸下去，便會無限地繼續縮小，總有一天小到能捧在手掌心，就像小鳥一樣。那是最適合形容哥哥的一句話——「靜靜的」，不斷增加密度，變得透明，化爲結晶，就此誕生出的一隻小鳥。不知何時，掌中的結晶化爲小鳥的形狀。

「今晚吃了藥，明天早上一定就會輕鬆許多。」

「嗯。」

「這麼一來，星期六我們就能一起去鳥屋了。」

「嗯。」

哥哥睡著了。安靜的睡眠渾然未覺來訪。翅膀輕柔闔上，無牽無掛。

在一個庭院立滿霜柱，連棕耳鵯吃剩的蘋果也冷得結凍的日子，向晚時分，哥哥五十二年的人生走到了盡頭。

一早，小鳥叔叔出門上班前，哥哥沒什麼異狀，看他開心踩著霜柱，清掃餵鳥平臺，似乎看起來比平常還有精神。

「我出門了。」

「路上小心。」

一如平時，兩人在門前道別。小鳥叔叔爲了哥哥一直用心遵守規律的習慣，這天早上也一樣照規矩履行。

然而，快到下班時間，辦公室的電話響起時，不知爲何，在不祥預感的折磨下，他遲遲不敢伸手拿起話筒。

「哥哥出事了。」

小鳥叔叔獨自在辦公室裡如此說道。那一瞬間，他感覺自己知曉了一切。這句「出事了」，代表了無法挽回的事態、今天早上的「路上小心」是最後的訣別，一旦拿起話筒，便再也無法變回原本的自己……這一切隨著電話鈴聲向他傳來。就像除了小鳥叔叔、沒有其他人能聽懂波波語一樣，總之，他明白是這麼回事，沒有任何根據。而他的預感也確實料中了。

哥哥倒臥在幼稚園後門，園長發現了他，以救護車送往鎮上的大學醫院，但哥哥已因爲心臟麻痺過世。似乎是在看鳥屋的時候突然發作。

「他倚向柵欄的姿勢和平時不太一樣，我當時覺得有點古怪。」

專程陪同到醫院的園長表達衷心哀悼之意後，說明當時哥哥的情況。那是小鳥叔叔第一次跟園長交談。

「他身體面朝的方向不太對……當時我應該馬上出聲叫他才對。」

「不，您不用自責。」

「等到我接下來注意到的時候，已經……」

「倒在地上了對吧。」

「是的。」

「可是，爲什麼您知道他是我哥呢？」小鳥叔叔問。

「我當然知道。」園長馬上回答。「再也沒人像你們倆這麼喜愛我們園裡的小鳥了。」

小鳥叔叔被她如此明確的口吻震懾，說不出話來。

「我很久以前就知道了。不過看你們那麼專注的模樣，我不好開口叫你們。」

「是這樣啊。」小鳥叔叔垂首。

「小鳥……」園長接著說：「鳥屋裡的小鳥頻頻拍動翅膀鳴叫。就像有緊急事態想通知我們似的。就像要叫醒你倒地的哥哥。」

小鳥叔叔心想，哥哥死在最適合他的地點。對兄弟倆來說，臨終時有小鳥陪在身邊，是無可取代的慰藉。

白色籃子一同收進棺材內。哥哥就要展開人生中最遠的旅程，這是他無論如何都得帶上的行李。就像用來表示旅行準備結束般總是擺在波士頓包最上面的白色籃子，在即將蓋棺的最後時刻，慎重地擺在哥哥手邊。

爲了讓哥哥能夠一再全神投入那一連串的檢查工作，直到滿意爲止，小鳥叔叔謹慎地確認裡頭的東西。有玻璃彈珠、夾子、碘酒瓶、捲尺，以及波波。碘酒幾乎蒸發殆盡，捲尺已鬆弛捲不回去，但還是跟那次母子三人花了很長的時間坐火車到語言學者研究室拜訪那時一樣沒變，所有東西都放在正確的位置上，朝向正確的方向。

不過，唯獨波波不一樣。自從每週三不再購物後、一直沒在家中出現過的波波，是小鳥叔叔在喪禮前特地去青空藥局買來的。老闆一看到他，什麼也沒說，就打開寬口瓶的瓶蓋，從底部取出一根波波。

「謝謝您。」

小鳥叔叔低頭行禮。老闆似乎有話想說，拉扯著白袍袖口脫落的縫線，暗自囁嚅，但最後還是只以眼神致意。老闆沒收錢。

那是一根檸檬黃的波波，是小鳥叔叔最喜歡的顏色，也是哥哥值得紀念的第一隻小鳥胸針所選的顏色。老闆正確地抽中哥哥所要的顏色，這是第一次，也是最後一次。

原本失去容身之所、收在迎賓館置物櫃裡的九隻小鳥胸針，再次回到原本該待的地方。小鳥叔叔將它們擺在母親和哥哥兩人的照片前。以檸檬黃的小鳥排第一個，其餘規規矩矩排成一列，守護著他們兩人，入夜後，全部一起聽廣播。

哥哥死後，幼稚園柵欄的凹陷仍留在原處。就像哥哥的肉體雖已消失，但他凝視小鳥的熱忱仍難以散去，永遠留在那裡。只要看到那處凹陷，就能清楚浮現哥哥單手勾在鐵絲網上，側著身，臉頰緊貼著柵欄的背影。下班回家的路上，小鳥叔叔常忍不住停下單車，把身體貼向那處凹陷。單車的剎車聲嚇得小鳥振翅四處亂飛，見到小鳥叔叔藏身在那個位置，旋即又平靜下來，收起翅膀。哥哥留下的這處空洞很寬敞，不會給人拘束感，待在這裡很自在。甚至微微覺得有股暖意。小鳥叔叔無從分辨那是哥哥餘留的體溫，還是小鳥發出的溫熱。

「小鳥都過得很好哦。」

園長不知何時從銀杏樹後走出。

「啊，您好，不好意思。」

小鳥叔叔大感意外，急忙從柵欄上移開身子。

「一點也不會，您可以維持這樣沒關係。」

可能是正準備一一關門，園長右手拿著一串鑰匙，左手插在圍裙口袋裡，臉上泛起和善的笑容站在那裡。四周暮色輕掩，除了教職員室裡還亮著一盞燈外，鞋櫃、遊戲室、屋頂的黃色金絲雀標誌，全籠罩在夜色下。早已看不到學童的身影，小鳥看起來也像是在準備黑夜的到來。

「令兄過世後，小鳥也覺得寂寞。」

園長抬頭望著棲木上排成一列的十姊妹，如此說道。

「咦，眞的嗎……」

「嗯，當然是眞的。小鳥都知道。牠們有多聰明，你們應該很清楚才對吧？」

小鳥叔叔頷首。

「令兄每次一到這裡，小鳥就會競相展現歌喉。就像學會後翻上槓的孩子，得意地一再翻圈展現一樣，很想得到他的誇獎。」

十姊妹擠在一起理毛，過程中不時發出「唧、唧」的短促叫聲，但沒聽到牠們唱歌。不知道是因爲夜晚將至，還是牠們看出來的人不是哥哥，注意力沒放在小鳥叔叔身上。

「所以不管我是在跟孩子們玩捉迷藏，還是拉手風琴，只要令兄在，我馬上就知道。因爲小鳥的叫聲會變得不一樣。牠們會唱得比平時還要賣力，甚至不肯停下來喘口氣。」

小鳥在哥哥面前會以多麼美麗的音色唱歌，小鳥叔叔也很清楚。就像要證明小鳥的歌聲是語言的原石般，歌聲與波波語融爲一體，至今仍在他鼓膜深處持續鳴響。

「這樣啊……」

小鳥叔叔低著頭輕聲說道。

「要不要進來坐一下？」

園長搖響手中的鑰匙串說道。小鳥叔叔向後退，手搭向單車的把手，本想說「不用了，我得回去才行」，但這時幼稚園後門已經打開。

小鳥叔叔一臉躊躇，第一次踏進幼稚園內。才走了幾步，便感覺到銀杏的落葉氣味轉濃，近距離就能看到小鳥。後門的燈光柔弱地照向兩人腳下。

小鳥叔叔突然發現，在鳥屋的地基角落，從柵欄的方向看過來，正好是藏在飼料盒後方的死角處，擺了一個小小的花瓶。花瓶裡插了幾株大波斯菊。那淡紅色在黑暗中微微搖曳。

「這樣要是能當作對令兄的供奉就好了……」

鑰匙串再次發出聲響。

爲了一個每天擅自跑來看小鳥的人，園長竟給予此等厚意，身爲哥哥唯一的親人，小鳥叔叔明白自己得開口道謝才行。儘管心裡明白，心跳卻一再加快，嘴唇就此冰冷凍結。

十姊妹當中，有的鑽進鳥巢裡，有的在棲木上緊緊相依，合成一個影子，連短促的鳴叫聲也止歇，正準備入睡。

「小鳥都是我們的朋友，您不必擔心。」

小鳥叔叔就像在對十姊妹說話似的。

「牠們會引導家兄到天國。再怎麼說，小鳥都會飛麼。」

「嗯，您說的是。」

園長望著大波斯菊頷首。兩人的視線沒有交會，夜晚的氣息包裹著兩人。大馬路上，行人的氣息遠去，空中殘留的晚霞幾乎消散。

「呃……」

爲什麼會浮現這個念頭，小鳥叔叔自己無法解釋。

「如果您不覺得困擾的話，希望能讓我在這裡打掃鳥屋。」

不過，待他回過神來，已脫口說出。

如果對園長來說，插上大波斯菊就是對哥哥的供養，那麼，對我來說，我的供養方式則是照顧鳥屋。哥哥用一輩子的時間持續凝望的鳥屋，我要仔細清掃它的每個角落，低著頭，用我的背去聆聽牠們的求愛之歌。這是最能接近哥哥的方法。小鳥叔叔無來由地如此暗忖。

「當然可以。我很高興能請您幫這個忙。」園長說。

小鳥叔叔的直覺沒錯。過沒多久，打掃鳥屋這項工作就此成爲他的生活重心。因爲哥哥猝逝，之前兩人構築的各種習慣，例如午餐吃三明治和濃湯、晚上聽廣播、爲虛擬旅行打包行李，他已不必再遵守，不過現在打掃鳥屋塡補了這個空白。

老實說，以金絲雀當標誌的幼稚園，對鳥屋的管理實在不夠周全。好像是由教師輪流打理鳥屋，不過當中有些人怕小動物，爲了節省工夫，好幾天份的飼料集中一次餵，糞便的清理也敷衍了事，小鳥叔叔不時親眼目睹。尤其放長假的時候，往往也沒按時換水。

首先，小鳥叔叔從備齊清掃用具著手。倉庫裡的工具壞得差不多了，不堪使用，他到鎮上採購方便使用的刷子、掃把、畚箕、桶子這類物品，趁上班前的一大清早，堆放在單車的貨斗上，運往幼稚園。水管連接水龍頭的部分破損，於是他換成家中多出的水管。原本鳥屋的門鎖只用個鉤子掛上，過於簡陋，小鳥恐怕就此逃脫，於是他改換成堅固的門閂。原本用鳳梨罐頭做成的簡陋飲水器、被雨淋濕而變得硬邦邦的鳥巢建材、輔助飼料的追加，以及其他各種問題，他都逐一改善。

「我們會支付工具的費用，所以請提供發票給我們。」

園長很替他擔心錢的事。但小鳥叔叔只是含糊帶過。

「這點小錢就不用了。反正也都是我從家裡帶來的東西。」

事實上，錢的事眞的不重要。讓鳥屋成爲小鳥最好的居處，這同時也是對哥哥的一種慰藉。可以正大光明地出入鳥屋，在最近的距離下聽牠們唱歌，這份喜悅是用錢也換不來的特權。

「我該怎麼向您道謝才好呢……不知道孩子們會有多高興。」

每次園長的話題談到園裡的孩子，小鳥叔叔都不知道做何反應才好，心裡很是歉疚。他這麼做並不是爲了他們，其實是爲了哥哥和他自己，但他沒有勇氣坦白告訴園長，只會站在一旁支支吾吾。

之前星期六下午和哥哥一起來到柵欄前參觀的時候，幾乎沒看過任何一個學童，但哥哥自己來的時候又是怎樣呢？小鳥叔叔突然思考起這件事。不曾因爲受人嘲笑而留下不愉快的回憶嗎？像這種時候，園長會巧妙地出面調解嗎？之前絕不會走到柵欄另一邊去，是因爲考量到學童嗎？不管怎樣，孩童製造出的喧鬧跟小鳥的歌聲完全無法相容。在哥哥的行動範圍內有一座鳥屋，就算只是個幸運的偶然，但這不見得一定得是幼稚園。或許衆人遺忘的公園角落，或是不清楚裡頭究竟蒐藏了什麼的博物館後院……這些地方才和哥哥相稱……小鳥叔叔心想。

總之，小鳥叔叔對小孩感到害怕。那濕潤的皮膚觸感、從中散發的過熱體溫、緊貼在額頭上糾纏的頭髮、缺乏平衡感的步伐、無意義的叫喊、小得可怕的舌頭，他們的一切都是謎。他們連求愛的意義也不懂，是一群只會打斷小鳥的歌聲、將聲音蓋過的生物。

小鳥叔叔看準他們上學前的時間早起。但不管他再怎麼拚命猛踩單車趕到，小鳥早已醒來。一見到他，小鳥就像配合他急促的喘息般發出叫聲，從巢裡飛往棲木，從鞦韆飛往鐵絲網，梳理羽毛。

解開門閂，踏進鳥屋內還沒人擾亂過的空氣中，這是小鳥叔叔最喜歡的瞬間。裡頭盈滿了小鳥彼此間在夜裡不成聲的低語。爲了避免不小心攪亂這空氣，他小心翼翼滑身進入，這時他發現，那柵欄上的凹陷明明就近在眼前，他卻沉浸在一種錯覺中，彷彿在遠比這短短一步還要遠的距離中移動。

小鳥叔叔沒跟小鳥說話。甚至連一句「早安」也沒說。牠們也一樣，完全不想告訴他晚上發生了什麼事。小鳥叔叔心裡明白，不會說波波語的他，不管說什麼，都沒多大意義。他唯一需要的，就是扮演好自己的角色。

小鳥叔叔埋頭打掃。鐵絲網和木框的銜接縫、地板的凹坑、飼料盒底部、天花板四個角落、稻草鳥巢的縫隙，應該打掃的地方多的是。不管再小的縫隙，也總有飼料殼、脫落的羽毛、乾硬的鳥糞跑進裡面。水很冰冷，手很快就凍僵，但他不以爲意。只要他肯動，這多年來累積的汙垢就會一點一滴剝落。學童和老師都還沒到校，只有小鳥緊盯著小鳥叔叔瞧。

補充過的飼料盒看著讓人安心，小鳥浴盆裡的水在穿過鐵絲網撒下的晨光裡閃閃生輝，漸漸乾燥的地面緩緩浮現刷子的刷痕。這時，頭上有隻鳥唱出今天早上最早的歌聲。

小鳥唱歌向來毫無預警。就像呼吸的延續般若無其事，但從第一個音開始，便以準備充分的準確度發出。也許是鳥喙，也許是羽毛根部，總會有某個地方出現小徵兆，不過小鳥叔叔看不出來。小鳥叔叔的手一時停了下來。小鳥唱歌向來不足爲奇，但他卻感覺似乎有什麼特別的事。眼前的這隻鳥是爲了向他傳達祕密信號，他抱持這種心情豎耳聆聽。

旋律充滿表情，節奏輕盈，聲音飽滿。雖然聽起來像是隨意高歌，其實當中帶有規矩的壓抑與計算，不管哪個音，都不是隨意發出。刻在五線譜上的音符交互使著眼色，緊密相連，畫出獨特的軌跡。連歌曲一詞也不知道的鳥兒，卻唱出了歌曲。音色無比清澄，完美無瑕。乘著一早的冷空氣，歌曲持續在小鳥叔叔的頭頂旋繞。

小鳥叔叔心想，小鳥送來了哥哥的話語，可能就是這個緣故，才會這麼賣力地用牠們孱弱的身子歌唱。旋即有另一隻鳥唱出新的歌曲。接著兩隻、三隻的歌聲重疊。小鳥叔叔始終低著頭，靜靜聆聽。

6

迎賓館的工作持續，沒多大改變。不知不覺間，小鳥叔叔成了最清楚迎賓館事務的人。雖然有過幾次意想不到的事件，例如玫瑰園的蟲害、漏電引發的小火災、來賓因貧血暈厥，不過小鳥叔叔總是處理得宜。從鎖定害蟲到配電盤的修理紀錄，從急救醫院的電話號碼到請領保險費的表單，哪裡有什麼東西、該如何處理，他瞭若指掌。就連碗櫃上面數下來第幾層有什麼圖案的咖啡杯、共有幾杯，也只有他一個人熟悉。關於迎賓館的事，每個人都很仰賴他。

有幾個在職場上和他有往來的人對他哥哥的不幸表達慰問之意。小鳥叔叔明明不記得向誰說過家裡的事，大家卻都知道他現在終於成了孤家寡人。他們說的這些話，不像青空藥局老闆的波波或是園長的大波斯菊那般別具含義，但還是給予了些許慰藉。

在地下的辦公室工作時，每當午休時間將至就忍不住望向時鐘的習慣，始終改不掉。這時的指針一定都是指向十一點五十五分。儘管已經沒必要擔心麵包店的三明治賣完，也沒必要焦急地踩著單車回家，身體還是會不自主地坐立不安起來。

「啊……」

小鳥叔叔彷彿這才想起家裡已經沒人等他似的，發出呼喊，再次重新深深坐入椅子，剩下的五分鐘繼續專注投入工作中。

午餐他改在迎賓館的玫瑰園裡吃。走出陽臺後，右手邊有一座俯視整園玫瑰的涼亭，裡頭有一張很適合在此休憩的長椅。那是椅面寬敞、椅背斜度適中，不管坐再久也不累的長椅。午餐雖然是在一家菜單一成不變的店裡買來的麵包，但他不再需要執著於只吃三明治，他會視當時的心情而選擇買熱狗、巧克力麵包，或者漢堡。

小鳥叔叔鬆開領帶，弓著背啃起麵包，再把盒裝冰牛奶送入喉中。坡面平緩的斜坡種滿各種玫瑰，一路往最遠處綿延。有的受支柱守護，有的茂盛地開枝散葉，有的在拱門上爬滿藤蔓。階梯步道井井有條，將它們區隔開來。小鳥叔叔的目光順著這條步道走。不過，就只是因爲此景就在眼前，他才望著這片玫瑰園。此時還沒開出半朵玫瑰。

他轉眼便吃完了麵包，把紙袋揉成一團握在手中，發了一會兒愣。園丁和清潔業者上午便已收工離去，沒有預定接待的行程，整個迎賓館只有小鳥叔叔一人。面向陽臺的玻璃在陽光照耀下熠熠生輝，眼前的亮光後方，隔著玻璃望去是沙發、暖爐、吊燈。蕾絲窗簾從微開的二樓窗戶漫出，隨風飄揚。從車廊的方向似乎傳來灰椋鳥之類的野鳥叫聲，但空中看不見鳥的身影。

「果然還是三明治最好吃。」

小鳥叔叔自言自語，把紙袋揉得更小團之後，踩扁掉落腳邊的麵包屑。省下了往返家中的這段時間，原本可以悠哉度過，但小鳥叔叔還是提早結束午休，回到辦公室裡繼續處理文件。

除了固定到幼稚園打掃鳥屋之外，小鳥叔叔常在圖書館裡打發時間。那是位於居民活動中心二樓的一家小分館。他借的不外乎是與鳥類有關的書，圖鑑、攝影集、科普書籍就不用說了，其他跟鳥類相關的書他也會找出來依序閱讀。沒想到該借的書怎麼也看不完。有野鳥拍攝教學書，也有某個小學教師窮畢生之力投入七彩文鳥交配研究的奇特傳記。有如何讓灰鸚鵡理解人話的研究報告，也有描述少年騎上天鵝展開旅行的童話故事。孔雀公園的飼育員、在獨居房裡與文鳥爲友的死刑犯、盜獵者、鴿肉料理專賣店的主廚、擅長模仿鳥叫聲的口技演奏家……登場人物相當多樣。

小鳥叔叔順道過去的時間，分館內沒什麼人。櫃檯裡坐著圖書館館員，繪本區的圓桌坐著幾個孩子，書架的暗處有幾個人若隱若現。天花板很高，日光燈光線微弱，多處地板一踩就響起刺耳的聲響。面南的窗戶映照出沿著水渠一路延伸的步道綠意。張貼在告示板上的新書訊息，以及書背的分類標籤貼紙，都微微泛黃。

不知從何時起，小鳥叔叔站在書架前，光是朝書背瞄一眼，就能馬上找到想要的書。這不是想看或不想看的問題，而是他所著重的只有一項要點，那就是書中有沒有談到鳥。就算書背上沒有「鳥」這個字，或是標題跟鳥類完全扯不上邊，也瞞不過他的眼睛。潛藏在書本深處的鳥囀從書頁的縫隙滲出，他的耳朵準確捕捉，毫無遺漏。他取出其中一本書，翻動頁面後，裡頭果然看到鳥的身影。列為分館藏書後還沒人讀過的頁面裡，長期隱身其中的鳥兒就像在說「真是服了你」，在小鳥叔叔手中緩緩展開雙翅。

「您總是借跟小鳥相關的書呢。」

某天，當他把想借的書放上櫃檯，圖書館館員突然向他搭話，他頓時慌了起來。他手裡拿著借書證，半晌不敢望向對方。

「喏，今天這本書也是。《在天空描繪的暗號》。」

圖書館館員接過書，念出書名。

「這是一本講候鳥的書對吧？」

這時，小鳥叔叔第一次望向圖書館館員。雖然來過分館很多次，他不曾留意到這個館員，也猜不出跟眼前這女子見過幾次面。但他至少確定，館員準確掌握了他的閱讀喜好。

「是的……」

小鳥叔叔無奈地點頭承認。他從沒想過有人會注意到他挑選的書，就像遭遇突襲，他不由得感到怯縮。

「不好意思。我並不是會一一檢查借閱者的借書狀況。」

她似乎看出小鳥叔叔心中的慌亂，如此說道。

「不過，借書特性像你這麼始終如一的人並不多見，所以，該怎麼說好呢，我覺得很震撼。」

她輕撫著《在天空描繪的暗號》的封面，抬眼望向小鳥叔叔，露出難爲情的笑容。

沒想到是個年輕女孩。甚至可說有點年輕過頭。豐潤的臉頰還留有幾分稚氣，脖子纖細，沒塗口紅的柔唇潤澤光豔。切齊的短髮在衣領處跳動，制服衣袖隨意捲起，從袖口露出白皙的手腕。

「只要坐在這裡，就會不禁在意起誰借了怎樣的書。例如氣質不凡的老紳士想借《愛麗絲夢遊仙境之點心大事典》，有個小學男生已經看完希臘哲學系列……每當新書到館，我便會在腦中猜想，這是誰愛看的書、這本適合誰看。只要剛好猜中，就會覺得自己彷彿做了什麼善事一樣。有一次，我便偶然發現了：這個人借的都是和鳥類有關的書啊。」

她的口吻彷彿是發現了多不得了的事情一樣。不過，小鳥叔叔就只是語帶含糊回了一句：「嗯，算是吧……」

「我一直期待著，不曉得這個和鳥有關的規律會持續到什麼時候。」

圖書館館員邊說邊從小鳥叔叔手中接過借書證，在筆記本上抄下書名、索書碼、借書者編號。字跡工整秀麗。

「如果你借的是乍看之下和鳥類無關的書，我就會有點擔心。所以在你還書的時候，我會悄悄翻頁，找尋裡頭的鳥。只要找到，不知爲何，就會覺得鬆了口氣。」

不同於外表的稚氣，她的聲音帶有不會擾亂周遭寧靜的沉穩。原本待在繪本區的孩子不知何時已不見蹤影，也看不見其他隱身在書架間的人影。由於她遲遲沒把《在天空描繪的暗號》遞給小鳥叔叔，他只能一直站在櫃檯前。

「不過，今天我就用不著擔心了。顯而易見，這是一本談候鳥的書。」

她終於把借書證放在書本上，遞向小鳥叔叔。小鳥叔叔仍舊不知該如何反應，就此默默接過。

「欸，小鳥叔叔啊……」圖書館館員說。

從她嘴角滿溢出率真的微笑，就像在說「你是小鳥的叔叔，所以我這樣稱呼你」。小鳥叔叔不由得發出「咦」的一聲驚呼。

「幼稚園的小朋友都這麼叫你對吧？」

小鳥叔叔微微頷首，把借書證插進長褲口袋裡，拿起書夾在腋下。

「還書日是兩個星期後。」

小鳥叔叔以背部聽聞圖書館館員說的這句話，就此離開。

返家的路上，來到星期天公休的青空藥局，他不經意從拉上的門簾縫隙往內窺望，發現裡頭已經沒擺出波波。小鳥叔叔停下單車，再次仔細確認。果然，到處都看不到那裝有波波的寬口玻璃瓶。原本理應放在收銀機旁，但那裡改放著去除口臭的口香糖。

就只是少了波波，原本熟悉的青空藥局頓時就像變成另一個地方似的，備感陌生。上一代老闆過世，天花板垂掛的吊飾和小鳥胸針也已不見蹤影，最後沒能做成胸針的波波始終沒能振翅高飛，在一陣枯等後遭到丟棄。

小鳥叔叔告訴自己，這樣就證明了哥哥是爲了波波而特別被選中的人。哥哥死了，所以寬口玻璃瓶也撤走了。哥哥是唯一有權從裡頭挑選一根波波的人。那收起翅膀、在藥局的小角落裡休息的小鳥，是哥哥拯救了它們。用只有哥哥才會的作法。

小鳥叔叔再次跨上單車，趕著回家。之前入殮時，他把檸檬黃的波波放進籃子裡，扣上鎖扣時的那聲「啪嚓」再度響起耳畔。他想起昔日前去語言學者研究室的時候，在火車上，哥哥一再把鎖扣開開關關的顫抖手指，以及默默望著那一幕的母親側臉。鎖扣的聲響，比蓋上棺蓋時的聲響更明確地證明了哥哥的死亡。

剛才借來的書本，在單車籃子裡卡啦卡啦晃動著。

「還書日是兩個星期後。」

小鳥叔叔把圖書館館員說的話又說了一遍。

「還書日是兩個星期後。」

他使力踩向踏板，又重複了一遍。自己的聲音混雜在書本搖晃的聲響以及風聲中，不過，小鳥叔叔感覺到圖書館館員的聲音在他耳畔重新浮現。爲了讓她的聲音能聽得更清楚，他更加使勁踩向踏板。

小鳥叔叔坐在涼亭的長椅上，《在天空描繪的暗號》擱在膝上，想像著那些在人類解不開的祕密引導下展開飛行的候鳥。牠們要前往的目的地，恐怕再怎麼精心打包行李，也無法抵達。而牠們沒有任何猶豫，不露一絲不滿，甚至不惜犧牲生命，也要朝那麼遙遠的地方飛去。

小鳥叔叔仰望天空。玫瑰園的上空，只有二、三朵在西風飄送下顯得模糊的浮雲，看不到半隻鳥。

「是本好書哪。」

他輕撫著書的封面如此說道。他的自言自語沒讓任何人聽見，就只是落向地面。地上同樣也掉落了一地的麵包屑。

有如路標的星座，在牠們那爲了不映照出多餘的東西、連深處也盈滿漆黑的眼睛裡，是連成怎樣的形狀呢？小鳥叔叔很想知道答案。他覺得只要能循線得知它的形狀，就到得了哥哥所在的小島。只有小鳥叔叔能操控的小船和船槳已從他手中脫離，被海流吞沒，就此失去。如果現在還留有能通往那座小島的道路，一定就在天空。只有鳥兒知道路線。只有鳥兒能解開暗號。

小鳥叔叔再次遠眺天空。雖然是晴天，山脊的邊緣蒙上薄薄一層雲霧，告知前來過冬的鳥兒該準備往回飛的季節到來了。玫瑰園裡的花蕾也與日俱增。

看完《在天空描繪的暗號》後，最令他驚訝的是，候鳥平安抵達濕地、湖泊、森林等目的地的時候，其實極度疲憊。似乎營養不足，體力衰退，幾乎耗盡所有能量，處在勉強支撐的狀態下。甚至有盜獵者專門鎖定這種鳥下手。歷經漫長的旅途，疲憊也是理所當然，但不知爲何，鳥兒那疲憊不堪的模樣深深烙印在小鳥叔叔心中，揮之不去。不論是幼稚園鳥屋裡的小鳥，還是來到庭院裡的野鳥，小鳥叔叔都沒見過疲憊的鳥。鳥屋裡的小鳥總是無暇展現虛弱的模樣而猝死。不知不覺間，他無來由地以爲牠們是從某處得到力量，得以無限地在天空翱遊的生物。

當然了，就算是疲憊的鳥，哥哥應該也很清楚才對。例如先前那些身體不適、難以入眠的夜裡，他或許就會想到在濕原的草叢裡休息的候鳥。即使好不容易結束遠距飛行，也沒空沉浸在這樣的安心中，牠們讓急促的呼吸平靜下來，調養受傷的翅膀，爲了恢復體力，得盡快找尋食物。哥哥或許在爲牠們祈求平安，同時對牠們成功抵達、完成這項艱鉅的任務，獻上敬意。

小鳥叔叔翻開書本，試著出聲念出看到的幾行字。他覺得念出聲更能深切表達對牠們的敬意。渡鴉、黃雀、虎頭海鵰、黃尾鴝。當中穿插了幾張照片。

「……長期以來，人們認爲鳥類的遷徙是依賴本能，與技術或智能無關。但這是一大謬誤。不管牠們看起來再怎麼駕輕就熟，遷徙仍然是很困難的行動。

必須分析太陽的位置、星座、陸地上的路標、風向、磁場等所有資訊，以看出航線。牠們一直在思考……」

這是一本老舊的書，但感覺沒多少人借閱過。儘管內容跟候鳥有關，但它長時期留在同一處，幾乎已呈假死狀態，是一本遭人遺忘的書。不知爲何，小鳥叔叔借的大多是這類書。爲了不驚動候鳥，小鳥叔叔輕柔地翻頁。

不知從什麼時候起，哥哥的心境變得像一隻筋疲力竭的候鳥。他創造出的語言與候鳥的航線一樣。爲什麼會被帶往那裡，會化爲具有何種含義的形態，會往哪個地方產生連結，一概無人知曉。不論再怎麼請求，一樣無法阻止他踏上旅程。就算是小鳥叔叔也一樣。

午休即將結束。鳥兒仍然不見蹤影。小鳥叔叔繼續朗讀，但他的聲音就只是漫無目的飄蕩於四周。

「我要還書。」

「哎呀，您好啊，小鳥叔叔。」

前往分館的路上，小鳥叔叔一再告訴自己，對方上次主動搭話只是一時興起，今天應該會裝不知道，但此刻對方擺出如此自然的態度，他一時變得比平時更不善言語。

「這本書如何？」

「呃，該怎麼說好呢……是寓意深遠的一本書。」

他無法直視圖書館館員的雙眼，就這樣低頭望著她的手回答。

「那就好。」

館員在借書證和筆記本蓋上還書章後，把《在天空描繪的暗號》放入櫃檯旁的專用書盒內。她的動作輕柔，甚至帶有一絲慈愛，這絕非單純基於職業的緣故。在她碰觸《在天空描繪的暗號》的那一瞬間，疲憊已極的渡鳥彷彿得到了些許安慰，小鳥叔叔頗感歡悅。

「接下來我想借這本……」

小鳥叔叔把要借的書擺上櫃檯。這是他借過的書當中，最厚實、設計也最精美的一本。這是專門製造鳥籠販售的公司——米琪兒商會——的公司史。

「很抱歉。」館員一臉歉疚。「這本書不能出借。」

「咦？」

「因為禁止外借……」

定睛一看，書背上確實貼了一張專用的紅色貼紙。

「不過當然了，您可以在圖書館裡自由閱覽。」

館員面露微笑。

「這樣啊……」

小鳥叔叔想回應她的微笑，卻只能低著頭。

「您果然又選了很厲害的書。」

她把《米琪兒商會八十年》立在櫃檯上，輕撫著書的輪廓說道。

「竟然會看中公司史，真教人意外。當真意想不到。」

她和兩週前一樣天真無邪，不帶半點矯飾，就連那質樸的制服也遮掩不了她那滿滿的純真。

「其實我常常暗自猜想小鳥叔叔下次會借哪本書。」

「咦？」

「沒錯。當然了，這是我自己心中的猜想。這本書裡頭暗藏著小鳥，不知道小鳥叔叔會不會發現？下星期他來借書的話，會不會借這本書呢？就像這樣。會不會造成您的困擾？」

「一點也不會。」

他急忙搖頭否認。

「啊，太好了。就只是我自己覺得有趣罷了，請您千萬別在意。」

不，我當然不覺得困擾，您可以自由想像沒關係——小鳥叔叔在心中如此低語。

「不過，我實在沒注意到公司史。米琪兒商會的『米琪兒』是取自《青鳥》裡的兄妹，哥哥奇爾奇爾和妹妹米琪兒對吧。我真是疏忽了。不愧是小鳥叔叔。」

儘管猜想落空，但她似乎樂在其中，迅速翻閱起《米琪兒商會八十年》，一再點頭發出「嗯——」的聲音，似乎相當佩服。那本書在她那纖細白皙的手中更顯厚實。

小鳥叔叔不懂爲什麼她會說「不愧是小鳥叔叔」，出言誇讚。雖然不明所以，心情卻不由得爽朗起來。

「不過話說回來，沒想到這世上竟然有這麼多跟鳥類有關的書……鳥兒眞的就藏在我沒發現的地方呢。就像牠們會從我眼力所不能及的高空飛過一樣。」

她從書頁抬起目光，望向窗外。那裡就只映照出步道的綠意，天空還在更遠的地方。

「過完冬天的鳥兒，也差不多要準備遷徙了。」他說。

「……因爲荷爾蒙分泌的變化，牠們會下定決心展開旅程。決定必須前往的方向，離開熟悉的土地。對於自己爲何非得一再展開如此危險的長途旅行不可，牠們不會抱持疑問，也不會覺得不公平。牠們就只是忠實地傾聽內心的聲音……」

他誦念出牢記在心的《在天空描繪的暗號》中的一段話。幾個站在書架間的讀者一臉訝異地朝櫃檯窺望。不過，他的聲音確實傳進了眼前這位圖書館館員耳中。

她頷首，再次莞爾一笑，遞出那本《米琪兒商會八十年》。

「喏，哪裡都行，請找個空位坐。」

面向窗戶的角落，擺了幾張供人閱覽用的桌椅。只有一個小孩在看繪本，此外再無其他人影。

「謝謝。」

他接過書。

「請慢慢看，小鳥叔叔。」

沒錯，我是小鳥叔叔──他腦中浮現這個念頭。幼稚園的學童總是這樣叫他，有時他甚至感到排斥，但此時從女子口中說出後，這名字頓時成爲專門賜予他的特殊印記。感覺就像自己左胸上別了一個綻放光芒的名牌。

不知何時，身後已有人排隊，捧著書準備歸還。小鳥叔叔這才離開櫃檯。

「請問，波波……那個棒棒糖在哪裡？」

星期三這天，下班返家的小鳥叔叔順道繞去青空藥局。

「哦，那個已經停產了。」

老闆說得若無其事。因爲早已料到，他毫不驚訝。之所以特地繞進青空藥局一趟，也是爲了確認波波是不是已經不在這兒了。

「那種棒棒糖，最近好像不流行了。」

原本長期擺放寬口玻璃瓶的位置留下泛黑的痕跡。取而代之的是平凡無奇的架子上去除口臭的口香糖，不像寬口玻璃瓶那樣顯眼，給人一種模糊不明的感覺。

「因爲也不是多好吃，包裝紙也顯得太老派。」

老闆拉扯著白袍袖口脫落的縫線，獨自咕噥道。

她難道忘了嗎？每個星期三，哥哥都會來買波波。用那不起眼的包裝紙做成漂亮的小鳥胸針，然後送她當禮物，這件事她全忘了嗎？

小鳥叔叔抬頭仰望天花板，手指划過寬口玻璃瓶留下的黑色印痕。曾幾何時，老闆也已年近半百，與昔日雜貨店的上一代老闆長得很像，幾乎無從分辨。屈指一算，從兩兄弟最初到店裡買糖的時候算起，已過了約四十多年。

「那麼，剩下的棒棒糖怎麼處理？」

「全扔了。連同瓶子一起。因爲公司下達這樣的指示。停產的商品要是一直在外流通，似乎會有不少麻煩。」

小鳥叔叔腦中浮現波波被塞進黑色塑膠袋裡、掩埋在剩飯中、接著在垃圾回收車裡壓扁的畫面。想像棒子斷折，破裂粉碎，就連香甜的氣味也沒留下，就此逐漸消失。他爲沒能成爲胸針的可憐小鳥祈冥福。能事先從青空藥局救出小鳥胸針，是最起碼的安慰。

「這樣啊。我知道了，再見。」

其實他原本想買肩膀痠痛用的貼布，但最後什麼也沒買，就此走出青空藥局。

那天夜裡，廣播傳來小說的朗讀。似乎是前一個世紀某個遙遠的歐洲國家所寫的故事。沒有哥哥在的夜晚，不管經過再久，小鳥叔叔都不習慣。他模仿哥哥，豎耳細聽，心裡想著要怎樣才算是專注呢，結果總是不自主望向之前哥哥常坐的沙發。

哥哥就只存在於櫃子上方的照片中。在母親的照片旁，露出既像難爲情、又覺得刺眼的眼神望著他。這是之前展開虛擬旅行的時候，當所有行李順利打包完成，哥哥鬆了口氣後到庭院拍攝的照片。那次是要去哪兒旅行呢？是搭遊輪旅行嗎？到石灰岩臺地健行或參觀鐘乳石洞嗎？記憶模糊，一時想不起來。照片前面規規矩矩擺著九隻小鳥胸針，以檸檬黃擺最前面，依序排列。

廣播的朗讀比小鳥叔叔的背誦好聽多了。高低起伏，給人想像空間，彷彿親臨朗讀現場。朗讀的場景，是一個沉溺於不倫之戀的貴族夫人給那個青年寫信，託女僕送去。信件以只有他們兩人才懂的暗號寫成，萬一被人看見也無妨。

小鳥叔叔心想，除了鳥兒在天空描繪的軌跡、哥哥所說的波波語外，這世上絕對沒有比它們更難破解的暗號存在。爲了邪惡的欲望而苦心編造的暗號應該很快就會露出馬腳。果不其然，在好奇心的驅使下偷偷拆信來看的那個女僕，把信件內容抄寫在石板上，開始解讀。

小鳥叔叔想起那個坐在櫃檯裡面靜靜聆聽他背誦的圖書館館員。她望著窗外的模樣，彷彿以爲在小鳥叔叔的聲音引導下，隨時會有鳥兒從空中飛越一般。小鳥叔叔只是如實說出作者寫在書中的候鳥的事而已，其餘幾乎都是她自己一個人在說，不過，他覺得兩人好像展開了一場長時間的對話，對此覺得不可思議。女子的說話方式讓人相信，那些充塞胸中、無法巧妙表達的言語，全部都傳進了她的心中。就像長期以來哥哥和他之間的對話一樣。

她在整理書籍。檢查歸還的書，擺回原本的層架，把總館送來的書分類。就算是借書者看不到的地方，她碰觸書本的動作一樣沒變。她照顧每一本書，平等地對待它們。這時，她突然停下手中動作。不知是書名、封面圖畫，還是紙上的黃斑，某個東西拉住了她。她看著目錄，快速看過前言，繼續翻頁。然後在某個角落發現有隻小鳥，以沒人聽得見的聲音發出鳴唱。這隻鳥雖然外形並不特別，模樣低調，卻有令人陶醉的美妙歌聲。她屏住呼吸，仔細聆聽，嘴角微微浮現笑容。

「讓小鳥叔叔發現你吧。」

她如此低語，爲了不打擾小鳥鳴唱，靜靜闔上書本。她一直在櫃檯裡等候小鳥叔叔前來借這本書。

圖書館館員與小鳥叔叔之間有一條祕密航線相連，只有鳥兒能找到。只有小鳥能解開連結他們兩人的暗號。

小鳥叔叔調低收音機的音量，不過朗讀者的聲音依舊清晰。那個女傭在忙完工作的半夜，在閣樓的房間裡努力想解開石板上的暗號。而這段時間，夫人和青年逐漸陷入進退維谷的關係。某天夜裡，女傭終於發現解謎的關鍵數字，成功解讀書信。她對淫亂的內容感到既生氣又興奮，而當再次受託轉交書信時，她在兩人幽會的地點使了個小手段。眞的只是個小小的手段，就只是把字多加了一橫。如此微不足道的惡作劇，將爲青年帶來難以承受的災難……

這時，背景音樂變得響亮，朗讀者的聲音遠去，傳來「後續故事，將在下週三同一時間播送」的宣告。

爲了不讓圖書館館員和他之間的暗號被邪惡的解讀者攪亂，小鳥叔叔用力關上收音機。

7

從接下來的星期天起，每週只要他一早打掃完鳥屋，他都固定到分館閱讀那本《米琪兒商會八十年》。他爬上樓梯，穿過擺放了傘架和菸灰缸的狹窄樓梯間，一通過自動門，左手邊就是櫃檯。

「早安，小鳥叔叔。」

不管再怎麼慢慢走進，她總還是會察覺，並向他問候。

「啊，你好……」

小鳥叔叔的回答太小聲，連他自己也聽不清楚。

公司史專區位於書架的北邊，一處最不顯眼的角落，擺滿了鄉土史、辭典、指南手冊。小鳥叔叔每次站在那裡就會隱隱感到不安，擔心要是有別人正在看那本《米琪兒商會八十年》，那該怎麼辦。不過，書本向來都在固定的位置。

在這處閱覽空間裡，坐哪張椅子最適合，小鳥叔叔很明白。也就是說，只要採平常的看書方式，就能隱藏自己的身影，但如果微微把頭偏成算不上不自然的角度，就能從書架間看到圖書館館員的身影，就是這麼一張椅子。

他坐向那張椅子，看起了《米琪兒商會八十年》。沒想到是很有趣的書。翻開封面來到第一頁，開頭就寫著以下這樣的文句：

「鳥籠並非用來囚禁小鳥的籠子。是爲了給予小鳥適合牠的小小自由而設立的籠子。」

創始人原本是做竹子工藝的工匠，把小小的鳥籠店拓展成公司，而現在經營的是他孫子這一代。從家庭用的鳥籠到動物園裡的巨大獸籠，他們全都包辦。首先提到賣鳥籠時代的店面模樣，接著是成爲米琪兒商會後最早的公司辦公大樓、工廠的落成典禮、員工旅行、販售的商品、現今的總公司辦公大樓、歷任社長的肖像……以諸如此類的照片來呈現大致的變遷，之後依照年代回顧公司的歷史。

話說回來，小鳥叔叔不太清楚公司是怎樣的組織。或許可以說，只要想到父親是勞動法的專家，便覺得很諷刺。當然了，小鳥叔叔自己也隸屬於某家金屬加工公司，領公司薪水，卻像是關在一座離主體很遙遠的孤島上，跟公司史所描寫的競爭、開發、利益、發展沒半點關聯。公司要求他做到的，反而是保存與安定。正因爲這樣，這是一本充滿新奇的書。

從照片的說明到注解的每一行文字，小鳥叔叔逐一細看。他沒必要急。只要《米琪兒商會八十年》在他手上，他就有充分的理由坐在這裡。因爲是無法外借的書，所以請在分館內閱讀，這是圖書館館員自己說的。

眼睛看累了，就摘下老花眼鏡，望向步道的綠意，接著又朝櫃檯的方向窺望。週日的分館，就只有帶孩子來的父母比較顯眼，除此之外，跟平時一樣平靜，不過圖書館館員卻依舊顯得忙碌。即使櫃檯前沒人排隊，她也忙著寫東西、打電話、到地下室的書庫。從書架間雖然只能看到她片段的身影，但已充分傳達她此刻是什麼情況。

公司史各章節的開頭附上了綠繡眼、白腹琉璃、胡錦鳥、雲雀的插圖。每次進入新的章節，就會出現牠們振翅的姿態，然後進入接下來的時代。米琪兒商會經歷了各種困難。創社社長基於工匠脾氣的頑固，在品質上毫不妥協，身為副社長的兒子則是計畫要在工廠大量生產，兩人之間衝突不斷。最後，創社社長在某次竹子工藝品工會的聯歡旅遊中，在浴場摔倒，不久即因傷過世。到了兒子這一代，本以為公司會順利壯大，但沒想到中途爆發戰爭，公司和工廠付之一炬，顧客的小鳥也全死了。人們要再次重拾飼養小鳥的心情，需要很長一段時間。

在閱覽區裡，高中生、老人、中年婦女都打開書本閱讀，但他們都不像小鳥叔叔這麼熱中，不久便會離去。也沒人在意他讀的是什麼書。這段期間，圖書館館員的聲音仍不時傳來。

「好，沒關係。」「我跟總館接洽看看。」「應該在前面數過去第三排，中央一帶的書架上。」

她的聲音從書本形成的陰影中緩緩穿過，一路傳到小鳥叔叔所在處。知道小鳥叔叔讀什麼書的人，就只有她一個。

拯救米琪兒商會的，是採用具有防鏽防臭功效的材質做成的新產品，這可說是創社社長對品質的堅持所帶來的技術成果。就此，米琪兒商會一口氣在家用鳥籠業界衝上龍頭的位置，同時活用創社社長的竹子工藝技術，把有如工藝品的鳥籠外銷。這段期間有過侵占公款和勞災死亡事件。曾舉發仿冒品，也有競爭對手竄起。而每次發生這種事，以及換下一個章節，就會出現一隻鳥，發出清越的歌聲，開拓新的坦途。

櫃檯前已有人抱著書排隊。不過她依舊不顯半點焦急之色，從容地依序處理。

「還書日是兩個星期後。」

她蓋下印章，輕快的一聲「砰」後，傳來她的聲音。那對母子似乎借了很多書。母親忙著把繪本收進手提袋裡，似乎沒聽仔細圖書館館員好心提醒的這句話。

「還書日是兩個星期後。」

小鳥叔叔小小聲地又重複說了一次，不讓周遭人聽見。她的那句話，與《在天空描繪的暗號》在單車籃子裡發出的卡啦卡啦聲一起傳進耳中，他暗自讓這句話在心中重現。

「還書日是兩個星期後。」

對下一個、以及下一位借書者，她不厭其煩地重複說著同樣的話。雖然明白那不過是再普通不過的制式交代，但不知為何，小鳥叔叔覺得這就像是別人肆無忌憚地伸手觸摸他自己很珍惜的護身符一般。

他朝看了一半的頁面夾進一張充當書籤用的波波包裝紙，就此闔上書本。雖然這是剩下來的、沒能成為小鳥胸針、就此遺留在哥哥房裡的一張包裝紙。雖然他明白在禁止外借的書本裡夾進私物是不對的，卻又覺得，如果是在米琪兒商會的公司史裡夾進波波的包裝紙，是可以容許的。乾燥的包裝紙略微褪色，甜味也早已消失。儘管如此，波波的小鳥依舊自然地悄悄潛入米琪兒商會的鳥兒之中。

「是小鳥叔叔！」

這時候，一個無比高亢的聲音響遍館內。

「小鳥叔叔，你怎麼了？為什麼在這裡？」

一個小男孩甩開母親的手，朝閱覽區飛奔而來。

「這什麼？你在看什麼書？也讓我看看嘛。」

小鳥叔叔猜他應該是幼稚園的學童，但對他沒印象，也不知道他的名字。男孩似乎對於自己在不同於平時的地點遇見認識的人頗感興奮，一再直呼他的綽號。

「圖書館裡也有鳥屋嗎？你是來打掃的嗎？小鳥叔叔，是不是啊？」

小男孩毫不顧忌地抓向他手臂，直接靠了過來，毫無防備。那火熱的呼氣噴在他臉頰上。

「在圖書館裡講話要小聲哦。」

不知何時，圖書館館員已站在一旁。她一隻手插在制服口袋裡，另一隻手輕撫著小男孩的頭，面露微笑。

「好——」

男孩朝氣十足地回應，就此離開小鳥叔叔，回到母親身邊。小鳥叔叔感到混亂，一時分不清剛才的火熱呼氣是來自男孩，還是圖書館館員，慌張得站了起來。他把公司史放回架上，沒望向圖書館館員的方向，就此離開分館。感覺就像挨罵似的。

他花了很長一段時間才把《米琪兒商會八十年》整本看完。每個星期天，小鳥叔叔從上午到下午都坐在閱覽區同一張椅子上的身影，已成了固定的風景。對多年來陪著哥哥在星期三買波波的他而言，每週做同樣的事，是很棒的，對他而言也算擅長。

不過，有一次櫃檯裡不見圖書館館員的身影，取而代之的，是個年近半百、看起來很不起眼的男子。小鳥叔叔不由得備感慌亂。同樣的星期天，坐同一張椅子讀同一本書，這個無法取代的習慣若沒有圖書館館員在一旁見證，那就沒任何意義了。

「平時的那個人怎麼了？」

小鳥叔叔鮮少主動跟陌生人搭話。

「平時的？」

男子不耐煩地抬頭反問道。

「是個年輕女性。短頭髮……穿著制服……」

想要形容女子的模樣，浮現腦中的卻是如此平凡無奇的話語。

「我們採輪班制，常常變動。」

男子聽來似乎不認爲是什麼重要的問題。

如果她再也不回來了，那該怎麼辦？小鳥叔叔擔心極了，這天他看書幾乎沒任何進展。男子對書本的處理態度很冷淡，也不會說「還書日是兩個星期後」，倒是改爲說一句「還書日別逾期哦」，語帶威脅。

隔週，又看到圖書館館員時，小鳥叔叔打從心底鬆了口氣。她的態度極爲自然，彷彿那一週的空白不曾發生過似的。小鳥叔叔這才得以再次埋首於米琪兒商會的世界裡。

第三代社長上任後，米琪兒商會仍繼續迎接新的挑戰。他們著手販售小鳥的遊戲道具，例如鞦韆、梯子、鏡子等，並製造大學用的動物實驗用籠子，並開發了添加維他命、能預防疾病的飼料。另一方面，也投入保護野鳥的志工活動，在山林裡設置鳥巢和飼料臺。

書中不光記錄他們的本業，也記載了許多小插曲，例如公司內社團的活動、研習旅行的回憶、休閒設施的介紹、員工餐廳的菜單變遷等等。材料部的股長在回家的路上制伏了搶包包的犯人，警方致贈感謝狀；在第二工廠的工地發現舊石器時代的遺跡；會計部部長的千金獲選爲環球小姐代表。不管是怎樣的紀錄，都很符合這家販售小鳥用品的公司，滿溢著平凡中帶有暖意的喜悅。

他抬眼往上瞧，正好看到圖書館館員推著裝滿書的推車走在書架間。推車車輪滾過油布地毯，發出嘰哩嘰哩的聲響。來到目的地的書架後，她停下腳步，拿起一本書，確認索書碼，把書放回該在的位置。書本馬上想起之前在原位時的感覺，融入周遭的書本中，安心地待在縫隙間。這動作一再反覆。除了車輪聲外，這項工作靜靜持續。從第一排到第二排，從第二排到第三排，推車逐漸靠近。

小鳥叔叔假裝視線落向書頁，但還是忍不住偷看她。在紙張的氣味揮之不散的昏暗光線中，她一臉認眞，來回比對書本與書架，看有無搞錯編號，小鳥叔叔的視線遲遲無法從她的側臉移開。閱覽區裡再無他人，櫃檯一帶也同樣悄靜。小鳥叔叔的手指在波波的包裝紙上游移。這包裝紙夾在書頁間，皺紋已完全拉平，變得無比柔軟。推車終於從小鳥叔叔的身旁通過。她輕輕點頭致意。感覺得出來，她爲了不打擾小鳥叔叔看書，刻意朝推動推車的雙手使勁，盡可能不讓輪子發出吵鬧的聲響。

在那本厚實的公司史中，小鳥叔叔看得最認眞的，是對在職期間過世的員工所寫的追憶錄，收錄在書籍末尾的年表最後一頁。當時他覺得年表上所寫的各種大小事件都與自己息息相關，例如第一次送交給動物園的籠子大小、治療脫毛症的飼料配方比例、歷任社長的在職年數，他幾乎都能默背。正因爲這樣，員工的過世，他無法當作事不關己，看過就算了。

姓名、進公司的年份、過世的日期，以及可呈現當事人工作態度和人品的小插曲，雖然只有這樣的紀錄，但要讓一個素未謀面的人暫時在心中重現，這樣就已足夠。四十三、五十九、三十四、四十八……由於當時都還在職，個個都很年輕。有人一直都待在設計部門，具有不看照片也能分別畫出一百種鳥類的才能。有個業務部的員工，當他們往來的大學研究室裡養來實驗用的鸚鵡死後，他要了一根羽毛當紀念，一輩子都收在證件卡套裡。有人在公司健檢的時候發現疾病，與病魔對抗後病逝；也有人無故曠職，上司覺得奇怪，親自到公寓拜訪，這才發現部屬猝死家中。開發到一半的計畫、三個月後就要結婚的對象、家中留有十七歲十四歲九歲的兒子……每個人都留下各種遺憾，前往另一個世界。

就像以目光追循刻在墓碑上的文字般，小鳥叔叔花時間細讀上面的每一行字。只因爲他們都和小鳥有某種關聯，小鳥叔叔便覺得這份追憶錄對他而言有份特殊情感。他心想，可能只有這些人升天時會得到叫聲絕美的小鳥引導。若是這樣，哥哥一定也能加入他們的行列。

能理解小鳥的語言，一生都靜靜聆聽牠們的聲音，不斷給予鼓勵和安慰（享年五十二歲)。

小鳥叔叔在最後一頁夾上波波的包裝紙，感覺就像是在追憶錄裡加上這麼一行字，就此闔上公司史。

「結束了。」

「咦?」

「我全看完了。」

「哦，這樣啊。」

「花了很長的時間。」

「因爲是禁止外借的書，所以沒關係。也不用蓋還書章。」

「嗯，是啊。」

「對。」

坐在櫃檯內的圖書館館員拿著橫長形的橡皮印章，轉好上頭的日期，朝他嫣然一笑。明明不需要歸還，也不需要蓋章，爲什麼我會站在櫃檯前呢?小鳥叔叔此刻才這樣反問自己，但已經無法回頭，就一直這樣站在她面前。

「感想如何？」

「是本好書。裡頭有很多小鳥。」

「眞是太好了。您看得很認眞呢。」

「有嗎？」

「有。讀者看一本書有多認眞，圖書館館員看得出來。」

「是嗎。」

「我喜歡看別人讀書。勝過自己看書。」

「……這樣的話，在圖書館工作很適合你。」

她難爲情地低下頭，以此代替回答，砰的一聲，朝手邊的便條紙蓋下橡皮章。

日漸西沉，晚霞染紅了玻璃窗和步道的綠意。剛才還在書架暗處若隱若現的人影也都不見了，不知不覺間，只剩圖書館館員和小鳥叔叔二人。他倆沉默半晌，一直望著蓋在便條紙上的日期。

「認眞讀書的人，沒事不會說話，一直都靜靜的……」

她低著頭說道。小鳥叔叔很高興能從她口中聽到「靜靜的」這句話，差點忍不住露出微笑，但爲了不想讓她看出自己的心思，他把視線移向剛才一直坐著的那張閱覽區的椅子。那裡沒有半個人影，一片悄靜。在最後一頁夾了一張波波包裝紙的《米琪兒商會八十年》，也沒顯露出半點小鳥叔叔看過的痕跡，安分地收放在書架最底下的角落。

「小鳥雖然不會讀書……但有時牠們會靜靜地思考。」小鳥叔叔說。

「是嗎？」

「是的，在棲木上，在鳥巢裡，偏著頭靜靜思考。」

其實他想談的是哥哥。哥哥始終靜靜地望著小鳥，甚至在柵欄上留下了痕跡，他這個模樣跟讀書的人一樣，都像在沉思。這其實才是小鳥叔叔想說的，但他沒能巧妙表達。

「為什麼您對小鳥這麼清楚？」

她的詢問總是無比坦率。

「您只看和小鳥有關的書，是有什麼原因嗎？」

同時也都是很難回答的詢問。

「呃，呃……」

「您一定是從事和鳥有關的工作對吧？所以就連照顧幼稚園小鳥的工作也駕輕就熟。」

「不。」小鳥叔叔急忙否認。「走過橋，到衛生中心後面左轉，那裡不是有一棟種滿玫瑰的老宅院嗎？我是那裡的管理人。」

「哎呀。」

她不由得發出一聲驚呼。

「從小我就一直很想到那裡頭瞧瞧，就算只有一次也好。因爲從門縫就只能看到一部分的玫瑰和磚造煙囪。裡頭一定很浪漫吧。就像《祕密花園》裡寫的一樣。」

「你願意的話，我可以帶你參觀。」

小鳥叔叔也沒細想，就這樣脫口而出。

「眞的嗎？」

「當然。如果是這星期，隨時都行。」

「嘩，太開心了！」

小鳥叔叔這才第一次直視她。後頸亂翹的頭髮、白裡透紅的臉頰、墨水染髒的手指，全都在夕陽的包覆下。雖然不確定是自己的哪一點讓她這麼開心，但此刻眼前的她笑得開心，這點絕對沒錯。

「到時候請摁下後門的門鈴。我會立刻去接你。」

「那麼，我挑圖書館休館日去拜訪，方便嗎？」

「當然方便。」

小鳥叔叔點頭。分館的休館日是星期三。

「您好。」

圖書館館員依約來到迎賓館的後門。她穿著與制服幾乎沒多大差別的樸素淡藍色女性襯衫，搭配棉質喇叭裙，腳下穿著涼鞋。一旁停了立起腳架的單車。臉上微微冒汗，仍微微喘息未止。

「來，請進。」

小鳥叔叔請她入內。

站在陽光下的圖書館館員，看起來比平時坐在櫃檯裡更顯朝氣，也更加親切。在門鈴響之前，小鳥叔叔一直心想，也許她不會來。如果真是那樣，爲了不讓自己感到沮喪，他告訴自己，她的承諾單純只是客套話，就像那句「還書日是兩個星期後」一樣，是她一再反覆的臺詞。但另一方面，卻又對她說好的星期三抱持一絲希望。他有預感，如果是星期三的話，情況應該不會太糟。在後門看到圖書館館員現身時，一時間小鳥叔叔產生一股錯覺，以爲是哥哥將她帶來，這全是因爲這天是星期三的緣故。

玫瑰盛開。所有種類的玫瑰展露著最美豔的姿態。小鳥叔叔先走過玫瑰園，在宅院外繞了一圈，說明這棟建築的全貌後，接著帶她參觀屋內。他過去從未帶過認識的人到迎賓館來。只不過身旁多了她，理應看慣的迎賓館頓時變得處處無不新鮮。小鳥叔叔竭力款待她。

歐洲王室送來的珍貴玫瑰、宅院建造的由來和設計者、建築樣式的歷史意義、玄關大廳所用的花窗玻璃由來……小鳥叔叔一一解說。平時有賓客來訪的話，會長或社長會親自導覽，小鳥叔叔就只是在裡頭候著，但因爲工作多年，所有內容他早已牢記腦中，此刻流暢地脫口而出，連他自己也覺得驚訝。他談到玫瑰的嫁接、外牆的花崗岩產地、會客室的壁紙圖案，該說明的事項不斷浮現腦海。她熱中傾聽，一會兒抬頭看餐廳天花板，對吊燈感到驚豔，一會兒朝壁爐內窺望，一會兒撫摸著樓梯扶手，對精細的作工露出感佩之色。中間的空檔，她不時提問，小鳥叔叔一一回答。

從上午就在工作的園丁和前來檢查空調設備的技師，見到這個陌生訪客，都露出訝異的表情，但小鳥叔叔不在意，繼續帶她參觀。不知不覺間，小鳥叔叔漸漸覺得自己不是個普通的管理人，也不是嚮導，他彷彿是在帶人參觀住處的屋主。

從抽菸室到紅酒酒窖，從淋浴間到廚房，每一扇門全都打開。看到客房裡那張有頂蓬的床鋪時，她發出最大的一聲感嘆。

「果然沒錯。這裡眞的是祕密花園。」

她一臉陶醉，朝天花板垂落的蕾絲伸出手，輕撫繡有玫瑰花的靠墊。小鳥叔叔一直站在後頭，等到她滿意爲止。床上的蕾絲和靠墊外罩都是昨天才剛從洗衣店取回，他親自換上的。

爲了不破壞她此刻的浪漫心境，小鳥叔叔就只有他工作的辦公室那扇門沒打開。

大致參觀過一圈後，兩人從陽臺來到庭院，在玫瑰園的涼亭裡休息。小鳥叔叔在廚房裡泡紅茶，在桌上擺出上星期款待客人剩下的巧克力。麵包屑已掃除，長椅也已擦乾淨，澈底打掃過。天空愈來愈晴朗，沒有任何東西遮蔽太陽，陽光公平地灑落在每一朵玫瑰上。兩人一同藏身在涼亭下的暗影，默默望著庭院，拿起巧克力吃，細品紅茶。圖書館館員終於見到期盼已久的花園，此時仍沉浸在餘韻中，小鳥叔叔全部說明完畢後，因爲意外講了太多話，一時不知接下來該說什麼才好。蜜蜂可能是受甘甜的氣味引誘而現身，在兩人之間繞了一圈後，略顯顧忌地停在巧克力的盤子外緣。

「這個很好吃。」圖書館館員說。

「請盡量吃，不用客氣。」

爲了不讓她有所顧慮，小鳥叔叔自己也吃了一口。他向來都是接受祕書室下達的指示，到隔壁市鎮的百貨公司採買這種外國製的高級品。打開包裝，擺進盤子裡的次數已多到數不清，但這還是第一次自己吃。

「天氣這麼好，玫瑰又開得這麼漂亮的日子很少見。」

「是嗎？」

「上個星期客人來的時候，位在右手邊深處拱門上的木香花才開了五成，而且那天還下大雨。」

「我運氣可眞好。」

「不過，也有客人對玫瑰完全不感興趣。」

「那多可惜啊。」

「就像不管鳥再怎麼叫，也還是有人不會察覺一樣。」

木香花盛開綻放，幾乎看不見枝椏，深黃色的花朵相連，在空中形成一道拱門。此時還不見半片花瓣掉落地面，等候輪到自己的花蕾從葉片間探出頭來。園丁和技師似乎已忙完工作，不見人影。

「啊，是綠繡眼。」

從沿著圍牆茂密生長的樹木間飛出幾隻小鳥，「啾嚕啾嚕」的叫聲持續傳來，小鳥叔叔同時也如此低語道。

「您一聽就知道呢。」等到鳥囀結束後，她才開口。

「和鳥有關的一切，都是我哥哥教我的。」

「哥哥？」

「是的，不過他已經過世了。」

這時，傳來簡短又高亢的「唧唧」聲，緊接著，比剛才更長、帶有高低起伏的鳥囀響遍四周，枝頭一陣搖晃。那鳥囀宛如朝天空撒下水珠，在陽光的照耀下，一粒粒閃閃生輝。

「要分辨綠繡眼的叫聲並不難。牠的音質很可愛。」

「哦。」

「而且牠是愛親近人的小鳥。」

說完後，小鳥叔叔雙手靠在嘴邊，朝樹木伸長身體，模仿鳥叫聲叫道：「唧啾嚕唧啾嚕唧嚕唧嚕唧」。不久，真正的鳥叫聲就像要和他比賽似的，蓋過他的聲音傳來。

「嘩，好厲害。綠繡眼被你騙了。模仿鳥叫聲，也是跟哥哥學的嗎？」

「是的。不過我哥更厲害。那已超越模仿的水準。我也不知道該怎麼解釋才好……我哥哥就算不模仿……」

說到這裡，小鳥叔叔把「他也能說出小鳥的語言」這句話嚥了回去，改爲吁了口氣，才又接著往下說。

「他也擁有一對形狀很適合用來聽小鳥聲音的耳朵。」

「那一定是像綠繡眼的叫聲一樣美麗的耳朵。」

圖書館館員暗自點頭，把剩下的紅茶喝完後，雙手搭在桌面，十指交握。她的十根手指、從涼鞋露出的腳，同樣白淨光滑。小鳥叔叔心想，她那沒任何裝飾、連個口袋也沒有的女性襯衫，如果在左胸別上小鳥胸針，不知道會是什麼模樣。一定很好看。比起掛在青空藥局的天花板下搖晃，小鳥應該可以更自然、安心地在她的左胸展開雙翅。

「可以再叫一次嗎？」她說。「請您再模仿鳥的叫聲，引誘牠們出聲。」

「不，我們就等牠們自然鳴叫吧。綠繡眼剛才不是被騙了，那是在抗議說，別用那噁心的聲音來汙染這得來不易的藍天。」

「眞的?」

「沒錯。」

之後，兩人默默豎耳聆聽。以前在幼稚園的鳥屋、在自家的庭院裡，常和哥哥一起這麼做的那段時光，久違多年後，再次浮現心頭。不過，此刻在他身旁的，不是哥哥，而是圖書館館員。以前總是很期待能聽到小鳥的聲音，但這時小鳥叔叔卻期盼綠繡眼永遠不要唱歌。因爲這樣才能和她一起待得更久。小鳥叔叔豎耳細聽的對象，不是小鳥，而是身旁的女子。

可能是爲了實現他的願望吧，樹木的沙沙聲靜了下來，綠繡眼再度鳴唱的氣息遠去，就只傳來蜜蜂的振翅聲。爲了不讓蜜蜂危害她，小鳥叔叔伸手溫柔地把蜜蜂揮走。

8

自從邂逅了圖書館館員，小鳥叔叔比以前更熱中於打掃鳥屋。光是待在小鳥身旁，就能像閱讀分館借來的書一樣，會更親密地在腦中浮現她的倩影。他用長柄刷刷地板，修補即將破損的鐵絲網，反覆回想她那微微冒汗的額頭、從秀髮間露出的白皙耳垂，以及拈起巧克力的手指。十姊妹一如平時在他頭頂上忙碌振翅，相互展露歌喉。

說來也真不可思議，他已不像以前那麼在意身旁的學童。即使有精力過盛的孩子衝進鳥屋裡，嚷著說要幫忙，一再叫他「小鳥叔叔、小鳥叔叔」，沒完沒了，他也不會慌亂。非但如此，聽到這個綽號，他甚至感到開心。因爲他深信，只要他還是小鳥叔叔的一天，他與圖書館館員之間互傳的祕密信號便會持續下去。

「今天似乎也是個大熱天呢。」

園長一有機會就與他搭話。

「是的。從下星期開始，要開放游泳池了嗎？」

竟然主動提到鳥以外的話題，連他自己也很驚訝。

「對。清理游泳池可是個大工程呢。池裡長滿了苔蘚。」

「我隨時都能來幫忙。」

「謝謝您。不過，您光是打掃鳥屋就已經幫了我們很大的忙了。清理游泳池的事，我會請實習的年輕學生去做。」

「這樣啊。如果有什麼事，請儘管告訴我一聲，不用客氣。」

「好，那我就不客氣了。你們一直都能在漂亮的游泳池裡游泳，眞是幸福啊。」

十姊妹就像在向園長炫耀般，在水盒裡拍動翅膀，盡情灑水。

與圖書館館員邂逅後，又多了另一項變化，那就是在工作時，小鳥叔叔會偷偷把一顆迎賓館的巧克力送入口中。小鳥叔叔過去從未犯過把工作地點的物品擅自帶走的這種不檢點的事。就連一個小夾子，他也嚴密控管。不過，自從與圖書館館員度過那個午後，每次看到巧克力盒，他便無法視而不見地就此走過。其實倒也不是很想吃。巧克力這種東西，青空藥局多的是。不過小鳥叔叔需要的，是專為來賓準備、收放在糧食櫃上面數下來第三層、那種絕不能吃的巧克力。

大規模的夜間款待順利結束，來賓和公司的相關人士都已離去，再來只剩關好門窗返家。在這樣的深夜裡，小鳥叔叔坐在廚房的圓椅上，巧克力盒突然映入眼中。那是個扁平的木盒，底色為白色，上頭以金箔畫出家徽般的圖案以及難以辨識的草書英文字。小鳥叔叔站起身，打開櫃子拉門取出盒子，捧在胸前掀開蓋子。細分而成的每個小格子裡各放著一顆巧克力。有橢圓形、長方形，內含堅果、含酒的口味，焦糖色、白色、黑色，各種皆有，規規矩矩地謹守著分配給自己的隔間。賓客似乎都熱中於喝酒，沒拿巧克力來吃，盒內的巧克力幾乎完全沒減少。

小鳥叔叔朝其中一顆伸手。是圖書館館員那天吃的骰子形狀巧克力，爲牛奶和黑巧克力雙層合成。觸感冰涼，令人驚訝。他的指尖微微顫抖，鋪在底下的白紙發出沙沙的磨擦聲。除此之外，沒傳出任何聲響。屋外已塗滿黑暗，就只有一顆照亮調理臺的白熾燈照向他手邊。

當時她很坦率地吃了巧克力，未顯矜持。她猶豫著該挑哪顆好，最後選了一顆最小的，以不同於人在分館時的放鬆口吻說了一聲「那我就不客氣了」。她的拇指與食指比巧克力還光滑，微帶渾圓，透著可愛，那半透明的指甲如同初生的小鳥鳥喙，不顯一絲渾濁。

小鳥叔叔眼睛微閉，將巧克力送入口中，入口即化。舌頭感到一股溫熱和黏膩。感覺就像是吃掉她的手指般，於是他急忙把巧克力盒蓋上。巧克力盒內一直傳來沙沙聲。

當原本完全盛開的黃色木香花枯萎凋謝，消失得連一片花瓣也沒留下時，小鳥叔叔因違反服務規章，公司要求他寫悔過書。

……未經許可，而爲了非職務所需之目的，擅自使用公司設備和器具，並將物品挪為私用，造成公司損失……

總務部課長提供的這份文件印了這樣的內容。他邀請圖書館館員來迎賓館的事，是透過什麼管道被公司知道？還有，其他物品指的是巧克力，還是他吃巧克力的時候被人偷偷瞧見？小鳥叔叔無從得知。他就只能默默地遵照吩咐寫悔過書。

「小鳥閱讀」仍舊持續進行。要找到他想看的書，愈來愈難，但只要有耐心地走在書架間，一定還是能遇上吸引他的書。這種書如果比兩旁的書還要突出幾毫米，或是微微往內縮，他就會覺得可能是圖書館館員給他的暗號。彷彿她希望小鳥叔叔下次能挑選這本書的信號，就藏在那數毫米的偏差中，小鳥叔叔就此站在原地，久久無法動彈。

「我要借這本書。」

小鳥叔叔小心不讓自己在櫃檯前不自然地展現出親暱的模樣。當然了，他也一概沒提到信號的事。

「好的，請稍候。」

圖書館館員的模樣與一開始沒什麼不同，依舊顯得沉穩、寬容。儘管沒多說什麼，但從她記錄索書碼時翻動筆記本的動作、撫摸書本封面的手勢、告知

「還書日是兩個星期後」的嘴唇動作，都能看出她發送的信號。啊，你果然借了這本書。我也發現這本書裡頭藏著小鳥哦。這隻小鳥眞幸福。因爲發現牠的不是別人，正是小鳥叔叔……她如此低語的聲音，化爲鳥囀傳入耳中。

「隨時歡迎你再到迎賓館來玩。」

小鳥叔叔看準四周沒人借書的時機，對圖書館館員說。

「謝謝您。不過，一次就夠了。也不好打擾您工作。」

小鳥叔叔擔心她是否得知悔過書的事而有所顧慮。

「這你用不著顧慮。只要你想來，隨時都可以來摁門鈴。我會準備好巧克力等你。」

「啊，那巧克力眞的很好吃。」

她就像憶起當時的美味般，嫣然一笑。那柔唇無比亮澤，讓人懷疑當時浸染的甘甜是否一直殘留至今。

「因爲只吃了一顆，所以才會到現在仍然覺得美味得像作夢一樣。所以光是那天吃一次，我已經心滿意足了。」

由於小鳥叔叔一再讓那天的每個場面重現腦海，所以對他來說，這件事也如同是在他腦中播映的夢境一般。只有圖書館館員和小鳥叔叔兩人才會作的夢，沒有其他礙事者。

「好了，請收好。」

圖書館館員遞出完成借書手續的書。

「還書日是兩個星期後。」

兩人之間理應已相互了解的這句話，圖書館館員還是用同樣的口吻重複了一次。小鳥叔叔最愛的這句話，她絕不會省略。當然了，小鳥叔叔很清楚，這是爲上萬人而準備的一句話，不是專爲他一人，但他愈是期望，她愈會一再說出，這是不爭的事實。

在盛夏的某日，提早離開迎賓館的小鳥叔叔繞往分館，等候關門時間要跟圖書館館員搭話。

「如果是同一個方向，要不要一起回去？」

圖書館館員低下頭，思考了一會兒後回答道：

「我還得再花點時間收拾，您可以等嗎？」

「可以，你慢慢來沒關係。」

說完後，小鳥叔叔坐向他之前閱讀《米琪兒商會八十年》的閱覽區椅子上，等一切結束。

從她平時的工作態度當然也猜想得到，她收拾整理的模樣同樣俐落，看起來賞心悅目。雖然是例行步驟，但她毫不馬虎，放下百葉窗，鎖上書庫大門，無一遺漏，看得出她很用心。櫃檯上整理得連一張便條紙也沒留下，原本堆滿書的還書箱不知何時已經清空。最後，她爲了隔天方便使用，事先把橡皮章上的日期調快一天，收進抽屜。

「讓您久等了。」

關上開關後，所有的書瞬間被吞進黑暗中。她把掛在門把上的牌子轉至「休館中」。

夜幕掩至，微微有風吹過樹下，兩人推著單車，並肩走在白天的暑氣終於緩和的步道上。樹叢間若隱若現的水渠無聲流淌，大路的喧囂顯得遙遠，夏蟬也停止鳴唱，四周就只飄蕩著車輪的轉動聲。

兩人幾乎什麼話也沒說。不時有人擦身而過，這時他們會排成一排，避向一旁；如果有散步的狗靠近朝他們吠叫，他們就停步，等狗吠夠了，這才又繼續邁步。在這沒有櫃檯、沒有書、沒有玫瑰園、沒有巧克力的地方，小鳥叔叔不懂該怎麼跟她搭話。在不知如何是好的情況下，他一再換姿勢握住把手，視線順著漸顯濃密的腳下影子走，然後偷瞄她的側臉。雖然已有一半被薄暮包覆，但她的側臉近在眼前，幾乎雙手一伸就能加以包覆。要是稍不留神，恐怕就會不知不覺眞的伸手摸向她白皙的臉頰，於是小鳥叔叔更加用力握緊把手。剛才還將樹梢染紅的晚霞，不知何時已失去色彩，取而代之的是在夜空中眨眼的金星。小鳥皆已回巢。

穿過步道，來到大馬路後，眼前滿是路燈和車燈，已沒有黃昏時的感覺。行人增加，變得益發熱鬧，兩人更加沒機會交談了。每次來到十字路口，小鳥叔叔便提心弔膽，怕她要轉往相反的方向。但他們就像事先講好似的，始終保持同樣的步調、同樣的方向。兩人的車輪聲相互重疊，合而爲一，幾乎無從分辨你我，不會分開。

他們走過幾個紅綠燈，穿過商店街，走進小巷弄，來到河堤旁的道路，就此過橋。那是一座平凡無奇的舊橋。扶手的塗漆剝落，人行道的鋪石多處缺損，大卡車駛過就微微搖晃。

「會累嗎？」

小鳥叔叔就只開口過一次。

「還好。」

她望著橋的對面應道。漆黑的河面映照著半月。本以爲半月沉入漣漪底下，旋即又浮出水面，接著化爲亮光碎片，然後又在河中恢復成原本的半月。過完橋後，來到岔路口，一條路是沿著河堤朝河口而去，另一條是走進住宅區。兩人很自然地就此停步。

「那邊再走過去就是幼稚園的鳥屋。」

小鳥叔叔指著空中說，語意不明。

「今天早上我才剛打掃過。」

她既沒點頭，也沒開口，就只是望向小鳥叔叔手指的方向。

「鳥屋裡有很多十姊妹。現在應該都回到巢內準備入睡了。」小鳥叔叔接著說。「晚上的小鳥會變得更聰慧。要一起去看嗎？」

柵欄的那個凹陷處，也就是哥哥的特別席，就讓給她吧。從那裡可以清楚看見鳥巢內部。爲什麼鳥兒到了晚上變得更聰慧，就照著哥哥說的告訴她吧。鐵絲網、地板、水盒，都剛擦過，全部亮晶晶的。飼料也都補滿了。不管怎麼看，都是個不會丟臉的氣派鳥屋。

小鳥叔叔在腦海裡多所確認的這段時間，她只是一貫的沉默。

「謝謝您的邀請，不過……」
當她好不容易開口，她的側臉已陷入黑暗中，輪廓變得模糊。
「我不去別的地方，要直接回家。因爲家父吩咐過我，別太晚回家……」
小鳥叔叔倒抽一口氣，就此垂眼望向地面。
「這樣啊……」
「抱歉。」
「不，沒關係。」
「那麼……再見了。」
告別後，她跨上單車，用力踩下踏板，就此離去。才一眨眼，她的背影和車輪聲已遠去，就此沒入黑暗。視野的角落只看到裙襬翻動，她曾待過這裡的證據完全沒留下。
很小聲的一句「再見」。與「還書日是兩個星期後」相比，顯得柔弱又不安，幾乎無法與風聲辨別。
「如果用波波語說再見，是怎麼說呢？」
小鳥叔叔暗自低語。當然了，他很快就回想起來。這句話他不是對任何人說，就只是朝自己輕聲低語。

那天小鳥叔叔借的書，是畫家的傳記。畫家沒受過專業訓練，一生都在報社裡擔任平凡的印刷工人，暗地裡畫自己獨特風格的油畫，在他死後，人們才發現他大量的作品，不過他生前始終沒得到認同。小鳥叔叔隨手翻閱著，然後偶然發現，畫家的早期作品中有個傳信鴿系列。他以養在報社屋頂的傳信鴿爲創作的靈感。

爲了確認書名，他再次望向封面，這才發現索書碼標籤上貼了個東西。那不是禁止外借的標誌，而是在索書碼右上方貼了一張更小的星形貼紙。就像和圖書館館員一起走路回去的那一晚，映照在河面上的半月一樣，看起來閃閃生輝。小鳥叔叔心想，這一定是她傳達的新信號，他馬上拿著書趕往櫃檯。

「就一本嗎？」

然而，坐在位子上的不是她，而是先前曾見過的那個年近半百的男子。

「呃……她……」

小鳥叔叔手裡拿著書，結結巴巴，男子以不耐煩的口吻說道：「你要借書對吧？」

「嗯，對。請問一下，平時的那位小姐，今天是在總館嗎？」

「她辭職了。」男子果斷回道。「就在上個月底。因爲她原本就是臨時雇員。」

要正確理解男子這番話的含義，需要花些時間。小鳥叔叔低下頭，望向手中的書，逐字追循上頭那個陌生作家的名字，手指順著索書碼標籤上的星形貼紙游移。

「請問她去哪兒了？」

明知就算這樣問也沒意義，但待他回過神來，已脫口而出。

「不清楚耶。聽說好像是結婚去了，我也不太清楚。那本書你不借嗎？」

小鳥叔叔幾乎無意識地把畫家的傳記擱向櫃檯。

「咦，又有小孩子惡作劇。」

男子自言自語道，撕下索書碼標籤上的星形貼紙，以指尖揉成一團扔進櫃檯下的垃圾桶裡。

「小孩子常會這樣惡作劇。貼滿貼紙，或是在書裡夾糖果包裝紙。好了，喏。還書日別逾期哦。」

小鳥叔叔接過書，離開櫃檯。接著把那本畫傳信鴿的畫家傳記放回書架，空手離開分館。

之後他再也沒遇見那個圖書館館員。週三的下午，每當迎賓館的門鈴聲響起，小鳥叔叔總會一驚，心想，難道是她來了？但站在後門的人往往是前來交貨的供酒商、手拿掛號信的郵差，或是報紙推銷員。

年近半百的男子在分館的櫃檯裡坐鎮一段時間後，改換成大學生模樣的青年，接著很快又換成身形清瘦、眼神陰沉的中年女子。不論館員換成誰，都沒人留意小鳥叔叔借什麼書。當初那本只辦了借閱手續就放回書架的傳記，也沒人追究之後是如何處理，一直待在同樣的位置。索書碼標籤的角落還留有星形貼紙撕除後的痕跡。過沒多久，小鳥叔叔便不在分館借書了。

有一次，小鳥叔叔下班返家，在橋邊的岔路上停下單車，試著望向與自己該走的路相反的方向。眞是愚蠢，這麼做有什麼意義，還是算了吧，當眞愚不可及。他踩著單車踏板，這樣責罵自己。那是和河川一同一路往前延伸的筆直道路。左邊是河流，右手邊是河堤。他騎得愈快，河流的速度就愈慢，飄散出一股海潮的氣味，夜已深重。這是個沒有明月和星光相伴的暗夜。不久，位於塡海地的工廠燈光逐漸靠近，來到河堤盡頭，前方已無路可走。四周都尋不見她的身影。

午休時間，小鳥叔叔在涼亭的長椅上啃麵包，腦中想著候鳥的事。因爲遭敵人襲擊而受傷、找不到食物而變得衰弱，或是因遭遇意想不到的情況而偏離了路線，就此無法抵達目的地。她蹲在水草肥美的沼澤地裡。因受傷而羽毛脫落，別說振翅了，就連站起身的力氣也不剩，除了躲在草叢裡，別無他法。同伴皆已飛離，四周只有看不見蹤影的生物，時隱時現地散發氣息。她已分不清這裡是哪裡，離她該歸去的地方還有多遠。

在夜空中眨眼的星星是如此遙遠。中斷的暗號無法連結，點點散落於夜空。她仰望天空，以目光連接天上的每一個小點。不管再怎麼虛弱，她的表情依舊滿溢哥哥所愛的小鳥夜間的聰慧。她的心思已馳向那些點所連成的遠方，一處懷念的地點。那茂密的樹林形狀、風向、泥土的氣味，就此浮現。

不久，生命結束的時刻到來。在那陌生的土地上，沒人看顧，就此靜靜闔眼。不管再怎麼等待，她都不會再回來了。

秋風漸涼時，幼稚園的鳥屋裡死了一隻十姊妹。

「早上明明沒什麼異狀呢。」

有小鳥死亡時，園長總是這麼說。

「牠們不會展現自己虛弱的一面。」

小鳥叔叔的回答也千篇一律。

「因爲天氣突然變冷了。」

「是。」

「是壽命到了嗎？」

「應該是吧。」

兩人的對話又回到只和小鳥有關的生硬內容。

「那麼，後續就麻煩您處理了。」

「好。」

依慣例，小鳥的屍體都埋在銀杏樹下的「小鳥之墓」。在落葉覆蓋、陽光照不到的角落，只有那一隅的土壤與周遭不同，學童用油漆在合板上寫字做成墓碑，插在上頭。自然死亡的文鳥，以及遭野貓咬死的虎皮鸚鵡，這數十隻小鳥，小鳥叔叔全埋在這裡。學童所寫的墓碑從「小」字的最後一點滴落油漆，

「鳥」字寫得有點歪斜，最後空間不夠，使得「墓」字凹陷，顯得多所顧忌。每年到了初冬，銀杏的果實便會掉落，散開濃重的氣味，讓人以爲是否屍體被刨了出來。

那天，小鳥叔叔沒把十姊妹埋進墳墓，而是不讓園長發現、偷偷包在手帕裡，放進外衣口袋，走出幼稚園。不管何種小鳥，死後都會變得這麼小。牠們若張開翅膀，就顯得出奇的大，相反的，再也不能飛的小鳥，彷彿就只因爲不能飛，便失去構成牠們身體的大部分組織，就此縮成一團，變成一副窮酸樣。

十姊妹也是如此。牠的身體僵硬，瞳孔渾濁，雙腳彎曲，就只是空虛地抓向空中。完全看不出短短幾個鐘頭前，牠還自由自在地在空中振翅飛翔。

騎單車時，小鳥叔叔一直感受到躲在他口袋裡的那小小的冰冷肉塊。牠是如此脆弱，彷彿只要從上面一壓，就會應聲塌扁，但同時又暗藏著一股怎麼也無法消除的觸感。小鳥叔叔來到橋的半途，停下單車，倚著扶手站立，取出口袋裡的十姊妹。他打開手帕，裡頭的小鳥仍維持同樣的姿勢。和那天一樣的半月浮在河面上搖曳。小鳥叔叔右手抓著十姊妹，從扶手上探出身子，朝河裡丟去。沒留下任何細微的水聲或漣漪，就連落入哪裡也不知道，屍體便被黑暗吞沒。只有水面上的半月持續搖曳，什麼事也沒有。

9

哥哥過世已將近十五年。這段時間，小鳥叔叔仍繼續從事迎賓館管理人的工作，照顧幼稚園的鳥屋，再來就是騎單車在鎮上漫無目的閒逛，閱讀和鳥有關的書（只限總館借的書，不是在分館），聽收音機的廣播，以此度日。

彷彿一切都沒改變，但其實許多事一點一滴逐漸推移。幼稚園的鳥屋裡，十姊妹的時代已經過去，有一段時間加入了畢業生帶來的大型藍黃金剛鸚鵡，還有附近農家給的一對烏骨雞，但很快的，最後還是改爲飼養好照顧的文鳥。不過，最大的改變是園長退休，成爲榮譽園長，就此鮮少露面。新園長是以前就見過的老師，但她似乎不太喜歡鳥，幾乎不到鳥屋來。有時就算碰面，她也常說有些學童會因爲揚起的羽毛而氣喘發作，或是鄰居抱怨說鳥屋的氣味聞了不舒服。小鳥叔叔就只是默默低頭道歉，更加賣力打掃。只要能讓他留在這裡照顧小鳥，他便心滿意足。

偶爾露面的榮譽園長，只要看到小鳥叔叔，一定朝他走過來。

「哎呀，有新的鞦韆呢。」

「是的。之前的壞掉了。」

「文鳥圓滾滾的，感覺很健康。」

「是啊。」

「牠們眼睛周圍有紅色圈圈，眞可愛。」

「是啊。」

他們總會針對小鳥的事展開沒重點的交談，不知道像這樣反覆過多少遍。

園長退居榮譽園長時，曾問他能否出席幼稚園的畢業典禮。孩子們想對他多年的辛勞表達感謝。面對這意想不到的邀請，小鳥叔叔大感爲難，當場拒絕。孩子們的事，他一點也沒放在心上，對他而言，眞正重要的只有小鳥。他差點就這樣脫口而出，爲了掩蓋這樣的想法，他低下頭解釋道：「畢業典禮那天，我有工作……」

「這樣啊。眞是遺憾。」

園長如此說道，似乎眞的由衷感到遺憾。

過了幾天，送來了學童的感謝狀和紀念徽章：

「小鳥叔叔，謝謝您總是爲小鳥打掃鳥屋。」

孩子們以蠟筆在感謝狀上這麼寫道。紀念徽章是在厚紙板上貼金色色紙做成，正面畫上小鳥叔叔的大頭人像，背面畫小鳥圖案。這小鳥畫得很可愛，但就像吊在青空藥局天花板下的小鳥胸針一樣，難看地斜傾著。他明白自己沒資格收下這種禮物，但他還是把這兩樣禮物擺在小鳥胸針旁。

青空藥局除了老闆上了年紀、變成了老婦人之外，倒是沒什麼改變。冰冷的水泥地、波波的寬口玻璃瓶瓶底在櫃檯上遺留的痕跡、去除口臭的口香糖、老舊的白袍，一切都沒變。

小鳥叔叔現在變得常到青空藥局買止痛劑和消炎貼布。年過五十五歲，頭痛的狀況逐年加劇，沒止痛便無法出門上班的日子，有時一個月就達數天之多。服藥過量而胃痛的時候，他會用剪刀把貼布剪成小塊，貼在太陽穴上來緩和疼痛，不過他也不清楚這樣有多大功效。和老闆一樣，小鳥叔叔也上了年紀。他變瘦不少，眼窩凹陷，駝背，聲音沙啞。額頭變得光禿，老人斑變得顯眼，僅剩的頭髮遠不如文鳥的羽毛那般豐沛。當他意識到時，已遠遠超過哥哥過世時的年紀。

而在這退休在即的時刻，因為公司方針改變，迎賓館的經營有所變化，這對小鳥叔叔而言是莫大的衝擊。雖然基本上還是充當接待賓客的地點，但改為收取入場費，也開放給一般民眾使用。小鳥叔叔的基本工作內容沒有多大變化，不過，多了兩個打工的女性駐守，不斷有人前來參觀，昔日的寧靜已不復存。尤其是玫瑰盛開時，大門口常常大排長龍。

小鳥叔叔已不能在涼亭的長椅上午休。他坐在地下辦公室的辦公桌前，背對那兩個打工人員，獨自啃著麵包。隔著小窗隱約看得見參觀者的腳，看不到天空，也看不到小鳥。掉落地上的麵包屑，他用鞋底推向角落。

配合對外開放，迎賓館多處也做了改變。為了販售入場券，在大廳設置長桌，圖書館館員喜歡的有頂蓬床鋪四周架設起圍欄。沙發掛上「請勿擅坐」的牌子，走廊掛上「參觀路線」的牌子，花窗玻璃掛上「請勿觸摸」的牌子，並修建全新的廁所和鞋櫃。四周總是瀰漫著喧鬧聲。

聽著這些喧鬧聲，小鳥叔叔感到焦躁不安，就像自己長期以來建立的迎賓館秩序遭到陌生人肆意踐踏。他盡可能把對外的工作都交給打工人員去處理，自己則是待在地下室。打工人員不時端來咖啡或點心，這時他一樣面對辦公桌，以小到幾乎聽不見的聲音低語一聲「謝謝」。

「今天是巧克力哦。」

兩名打工人員似乎會到附近的超市買來便宜的點心。

「抱歉，我不吃巧克力。」小鳥叔叔說。

庭院的別房終於變成一團不可思議的土塊。在落葉、藤蔓、蕨類、青苔的覆蓋下，呈現出怪異的輪廓，似乎無法更進一步崩解，當然也無法恢復原狀，不知如何是好。也不知是因爲哥哥裝設的餵鳥平臺都會補充食物，不曾少過，還是另有其他原因，一直都有野鳥聚集在別房那裡。例如麻雀、遠東山雀會成群飛來，忙碌地跳來跳去，把飼料撒落一地，也有像是從附近公園跑來混進這裡的一對斑點鶇，就像要解開這個土塊的眞面目般，長時間東啄西啄。不知從哪兒飛來的種子，在牠們腳下綻放出不知名的小花。

小鳥叔叔爲了打掃餵鳥平臺而爬上土塊，之前還是別房時的痕跡從崩塌的腳下顯露，他急忙以落葉和泥土加以覆蓋。那或許是書本、文件，或是筆記本的一部分，但已完全腐朽，根本無從想像原本的模樣。小鳥叔叔深陷不安之中，擔心因爲自己的疏忽，打斷了父親難得的長眠。在鳥囀聲的包圍下，父親終於可以仔細聆聽哥哥說的話了。爲了不打擾父親的安眠，小鳥叔叔悄悄把牛油和葵花子放在餵鳥平臺上。

九月底，一個朗朗雲天的週日下午，小鳥叔叔在百貨公司買了一件白襯衫，踏上歸途，在河灘公園的長椅上休息片刻。覆滿柔軟青草的河堤上，親子和情侶各自以不同的模樣躺在草地上，小孩騎著單車在河邊的小路上四處跑，對岸傳來開心打著羽毛球的年輕人發出的歡笑聲。由於上週剛下過雨，河水渾濁，流勢湍急，在橋墩處形成漩渦。當時那隻十姊妹是否沉入河底，化成了白骨呢？還是說，牠被沖往大海，被魚兒吃掉了？小鳥叔叔望著之前丟棄小鳥屍體的那一帶，腦中思索此事，一個陌生的老翁走近。

此人年紀比小鳥叔叔更大。雖然個子高，但背已經駝了，手持黑傘當枴杖用，整張臉滿是深邃的皺紋，看起來不好相處。尤其是額頭上四條等距離形成曲線的皺紋，看起來有點假，就像用刀子刻成的，看了教人同情。他穿著鬆垮的黑西裝，繫著與他年紀相稱的樸素領帶，腳上穿的皮鞋蒙著一層灰。一頭白髮胡亂糾結，肩膀上滿是頭皮屑。

老先生沒向他點頭，也沒瞄他一眼，看他的模樣，彷彿這裡是老人的專屬座位，理所當然就是要坐在這裡。儘管還有許多沒人坐的長椅，但他偏要坐向小鳥叔叔身旁。正好這時小鳥叔叔準備要回家，但這時如果馬上站起身，對老先生很失禮，所以他繼續坐著不動。

兩人都望向河川。老先生把傘立在兩腿間，雙手搭在傘柄上，小鳥叔叔則是雙手不知該往哪兒擺，索性盤在胸前。不過他還是不時斜眼觀察身旁的老先生。比老先生額頭上的皺紋更令他驚訝的，是他那大得不像話的耳朵。那因爲牙齒脫落而顯得十足窮酸樣的下巴，與無力地往前彎曲的背部，兩者之間只有耳朵仍保有氣派的輪廓。即使大得不像話，但它一點也不難看，而且形狀端正，甚至帶有一股高雅的氣蘊。長在耳內的細毛在光線中顯得透明，耳垂微帶桃紅。

「你。」

最先出聲的人是這個老先生。

「你這裡沾了東西。」

老先生浮腫的手指比向小鳥叔叔。他的聲音出奇地剛勁有力。

「啊，這是……這是貼布。消除頭痛用的。」小鳥叔叔手抵向太陽穴回答道。

「是麼？」

老先生重新仔細打量起小鳥叔叔的太陽穴一帶。

「這樣很適合你。」

他的黑眼珠渾濁，眼袋鼓起，眼角積著不少眼屎。

「是麼？」

「嗯，就像戴了什麼講究的配件似的。」

每次他開口說話，額頭上的皺紋就像有生命的獨立個體般蠢動著。老先生的手再次搭回傘柄上。

「適合貼貼布的人可不多呢。」

「是。」

小鳥叔叔不知該如何回答，食指摩挲著今天早上才剛貼好、仍帶有薄荷味的貼布。

「你自己也這麼認爲對吧？」

「欸……」

「我就沒辦法像你一樣。」

老先生搖了搖頭，清咳一聲後，視線投向遠方。一陣風吹來，吹亂他糾結的頭髮，耳朵整個外露。又過了一段沉默的時間。那群年輕人依舊大聲歡笑，孩子仍騎著單車玩。水草、撞向橋墩而四散的飛沫、放在單車籃子裡的白襯衫包裝，盡籠罩在陽光下。

不久，老先生把傘擱向一旁，朝西裝內側口袋探尋了一會兒後，取出一個小盒子。看起來像一包菸，但很快就知道不是。因爲老先生把盒子抵向耳邊。

小鳥叔叔就此無法從老先生身上移開視線。那盒子是什麼，他這是在做什麼，這當然也都是疑問，不過更重要的是，這東西和耳朵有關。

老先生的確是仔細在聆聽盒子的聲音。他望著地面，調整呼吸，心思全放在耳朵上，靜止不動。那模樣令小鳥叔叔想起倚在柵欄上聆聽小鳥歌聲的哥哥。老先生緊閉雙唇，任憑風吹亂頭髮。他的背離長椅的靠背約數公分遠，脖子維持最適合耳朵聆聽的角度，除了手指微微顫抖外，全身靜止不動。小鳥叔叔已許久不曾見到如此專注聆聽的人，頓時感到情緒激昂。感覺是自從哥哥死後第一次遇見有人想要聆聽那沒人懂的聲音。

「呃……請問一下。」

小鳥叔叔明白不該打擾老人，但他無論如何也想問個清楚。

「您這是在聽什麼呢？」

老先生並未顯露爲難之色，就只是轉動眼珠，臉上浮現像是一直在等他發問的表情。

「你問的是這個嗎？」

老先生毫不吝惜地把盒子湊向小鳥叔叔耳畔。小鳥叔叔緊張起來，全神貫注。

「聽到了嗎？」

「……」

「再撐一會兒。」

「好。」

「怎樣？」

「……欸……」

「果然還是不行嗎？」

「……是的，什麼也聽不見……」

「這樣啊。因爲今天氣溫偏高。」

老先生把盒子放在掌中，讓小鳥叔叔觀看。那是個黝黑亮澤的木盒。大小剛好一隻手拿，厚度只有兩公分，光看外表不知道該如何打開。不過最引人注目的當屬盒子的裝飾。整面採螺鈿工藝，繪有原野的花草，上方四分之一處是纖細的鏤雕。

「這是蟲盒。」老先生說。「把蟲子放進裡頭，聽牠的叫聲。」

「咦，蟲子？」

小鳥叔叔重新問了一遍。

「沒錯，我是鈴蟲的愛好者。雖然現在以蟋蟀愛好者爲主流，但我還是堅決喜愛鈴蟲。來，不必顧忌，試著拿在手上。」

小鳥叔叔緩緩伸手。一旦知道裡頭裝有蟲子，自然更爲謹慎。這東西入手出奇地輕，老先生的體溫滲入其中，微感溫熱。

「啊。」

從鏤空的花紋中伸出像觸角的東西，小鳥叔叔不由得驚呼。

「喏，沒騙你吧。」

「可是，你是從哪兒放進去的？」

「蟲盒有特殊機關，可以防止它輕易開啟。」

老先生用食指的指甲按壓側面某處，滑出底板，發出像彈簧彈開的聲響，那鏤雕圖案的部分就此分離。雖然老先生的手在顫抖，但想必這個動作已一再重複過無數次，他手指的動作流暢。

「就像這樣。」老先生語帶驕傲。

爲了不讓鈴蟲逃走，小鳥叔叔用雙手包覆盒子，往內窺望。因爲太暗看不清楚，但確實感覺到有個黑色的東西躲在裡頭。傳來牠的觸角和腳尖在盒內摩擦的窸窣聲。

「我總是把蟲盒藏在內側口袋裡。」

老先生合上機關的蓋子。

「這麼一來，整天都能有蟲子的聲音陪伴。牠只爲我鳴叫。這樣不是很愉快麼。」

老先生朗聲大笑。起初以爲那只是快要脫落的假牙發出的聲音，但確實是發自內心的笑聲。

這時，鈴蟲突然鳴叫起來，就像要悄悄潛入笑聲的縫隙裡一般。

「喏，來了。」

老先生把蟲盒放在兩人中間，老先生貼近左耳，小鳥叔叔貼近右耳，兩人專注地朝鈴蟲的叫聲聆聽了半晌。兩人貼得很近，臉頰幾乎能感覺到彼此的呼吸。一陣風吹來，老先生的頭髮不時撫向小鳥叔叔的太陽穴。

之後每個週末的下午，只要沒下雨，小鳥叔叔就會騎著單車到河灘公園來。有時能遇上帶蟲盒的老人，有時沒遇到。倒也不是要和他見面做些什麼事，就只是一起聽鈴蟲鳴唱，不過，要是沒看到老先生坐在長椅上，就會莫名感到失落，心神不寧，擔心老先生是不是身體不舒服。光是感覺到一點動靜，就忍不住轉頭往河堤的方向望去。相反的，如果老先生比他早來到固定位置，他就會覺得自己讓對方久等，過意不去，急忙跑下河堤的斜坡。

鈴蟲的叫聲和鳥兒大不相同。鈴蟲的叫聲更爲低調、輕細，而且樸素。鳥兒不管身處多高的天空，聲音還是能很快傳向地面，謹愼小心的鈴蟲可就不同了，常常一不小心就漏聽了牠的聲音。

「喏。」

不過，老先生果然不簡單，他馬上便能捕捉到鈴蟲鳴叫前的預兆，向小鳥叔叔比暗號。接著，在幾欲被四周的喧鬧聲蓋過的情況下，那蟲盒裡的小小黑暗振動起來。

鈴蟲的鳴叫方式不固定。有時持續叫個不停，讓人擔心牠的翅膀會不會就此磨破，接著又戛然而止，出現一段漫長的無聲時間。有些日子，牠整天連叫都不叫一聲。不過老先生並不拘泥於次數。他不顯一絲焦躁，就只是悠哉地等候時刻到來。倒不如說，在等得不耐煩後能夠聽見短暫的絕美鳴唱，這樣他更開心。

「蟲盒首重保養。要是疏於保養，這難得的美聲也會跟著泡湯。」

老先生傳授了許多關於鈴蟲和蟲盒的知識。

「要用藥品來擦拭嗎？」

「如果用人工的藥物，根本行不通。一定得用天然素材才行。只能用天然的。」

「是。」

「所以得用人身上的油脂。人的油脂最適合蟲盒了。」

「咦？」

「人們臉上油亮的皮脂，用絲質手帕蘸取，擦在蟲盒上。要輕輕地擦。」

老先生從長褲口袋裡取出一條手帕，示範動作。那條手帕又髒又皺，與吸取許多油脂、泛著黑光的蟲盒形成對比。

「所以才會這麼光亮啊。」

「這可不光只有表面的問題。吸收油脂的蟲盒，音色變得圓潤多了。」

「您聽得出差異？」

「當然。蟋蟀愛好者當中，有人為了追求聲音的銳利，甚至還會使用松脂或甘油，不過這都是邪門歪道。無聊之至。」

老先生額頭上的皺紋上下挑動，用極度不屑的口吻說道。

老先生每次都是一樣的裝扮。過大的黑西裝搭上沾滿塵埃的鞋子，另外帶著一把傘柄牢固的黑傘。可能是因為衣服內側口袋一直放著蟲盒的緣故，他西裝的左側肩膀下垂，顯得不太對稱，胸口一帶鼓起。

「您是用自己的皮脂來擦嗎？」小鳥叔叔問。

「不，如你所見，我的皮膚早就乾澀了。」

的確，老先生的額頭乾燥得都快掉屑了。

「您如果不嫌棄的話，可以用我的。」

小鳥叔叔用食指輕抹自己的鼻頭，確認到底蘸起了多少鼻油。

「啊，不用了。」老先生馬上應道。「鈴蟲喜歡女性的皮脂。尤其是處女的皮脂。」

老先生把手帕塞進褲子裡，像在激勵鈴蟲般，溫柔地輕戳蟲盒的邊角。

鈴蟲怎麼也不肯叫的時候，小鳥叔叔試著模仿綠繡眼的叫聲。爲了不嚇著鈴蟲，他把嘴唇湊向鏤雕圖案的內側，近乎氣音地發出「唧啾嚕唧啾嚕唧嚕唧嚕唧」的叫聲，不時會成功。而鈴蟲也會配合他叫聲的餘韻，出聲回應。

「噢，有意思，有意思！」

老先生大爲開心。爲了讓老先生開心，小鳥叔叔一再模仿鳥叫聲。那是不會傳給空中的綠繡眼以及公園裡的人們聽見，只爲老先生、小鳥叔叔、以及鈴蟲而發出的叫聲。其他人不管再怎麼專注聆聽也聽不到的聲音，靜靜包覆他們兩人所在的長椅。

「你都怎麼練習的？」老先生問。

「是跟我哥學的。他的叫聲更完美。如果我哥出馬，一定能讓鈴蟲更自在地出聲鳴唱。不過他已經過世了。」

「哦，這樣啊。」

「是啊。」

「綠繡眼都是這麼叫的嗎？」

「不，每一隻都有各自的特色。不過共同點是唱歌都很好聽。那鈴蟲又是怎樣呢？」

「每隻也都不一樣。比起保養蟲盒，有件事更重要，那就是如何分辨出音色漂亮的鈴蟲。」

「有辦法分辨嗎？」

「這是我的拿手絕活。我算是鈴蟲愛好者裡的大老。我聽過數千隻鈴蟲的叫聲。不管在草叢裡叫得多有活力也不值得參考。很多鈴蟲一放進蟲盒裡，馬上就忘了怎麼鳴叫。」

「當中的關鍵在哪裡？」

「只要看牠們鳴叫時的姿態，大致就能明白。遠離同伴，自己朝向不同的方向，既不是爲了宣誓地盤，也不是爲了吸引雌性，就像在爲自己歌唱般，形單影隻的鈴蟲。這種最好。」

老先生咳嗽一聲，咳出卡在喉中的痰，接著又補上一句。

「因爲蟲盒裡只裝一隻蟲。唯有適合孤獨的鈴蟲才有辦法勝任。」
「原來是這樣啊。」小鳥叔叔附和道。
「叔叔！叔叔！」
這時突然有五、六個原本在河岸邊玩的孩子跑來，一轉眼就包圍了長椅。
「這是什麼啊？」
「裡頭裝的是什麼？」
「是點心，還是玩具？」
孩子們氣喘吁吁，還沒緩過氣來，你一言我一語地指著老先生拿在手上的蟲盒問道。看起來都只有五、六歲年紀。小鳥叔叔心想，如果他們是幼稚園裡的學童，大聲嚷著「小鳥叔叔、小鳥叔叔」，那該如何是好？不禁渾身緊繃。他甚至心想，爲什麼小孩子總是這麼肆無忌憚呢，對此感到不堪其擾。
「讓我看看嘛。」
「我也要看，我也要看。」
不過，他們全被蟲盒吸引，注意力沒在小鳥叔叔身上。
「啊，不行，不行！」
老先生誇張地弓起身，做出守護蟲盒的姿態。

「你們要是不小心聽到這東西的聲音，將會發生難以挽回的大事。」
老先生以煞有其事的語調說道。
「爲什麼？」
「『難以挽回』是什麼意思？」
孩子們更加興奮，全靠了過來。
「這盒子裡面……」
不同於小鳥叔叔，老先生一點也沒露出拿他們沒轍的模樣，反而顯得神采奕奕，似乎覺得很有趣。
「這盒子裡住著一個小人。」
「小人是什麼？」
「你們不知道小人是什麼嗎？眞是敗給你們了。小人就是什麼都很小的人。頭、牙齒、手、扁桃腺、膀胱、喉結、腳心，全都很小。」
「咦，這樣很奇怪嗎？」
「不是奇怪。問題在於他很小。爲什麼小人會這麼小呢？因爲他是天國悄悄派來的。所以做任何事都得偷偷摸摸的才行。因爲是天國啊。」
老先生滔滔而言，幾乎感覺不出是信口胡謅，句子之間保有適當的暫停，聲音中帶有一絲神祕。不知不覺間，孩子們聽得很入迷。

「小人的任務，就是看誰想要，就告訴他什麼時候會死。」

「咦，眞的嗎？」

「沒錯。如果不是這樣，我們才不會聽得這麼認眞呢。你說對吧？」

老先生突然開口徵求小鳥叔叔的同意，雖然不太樂意，但小鳥叔叔還是點了點頭。

「不過，重要的是得有人想要知道。這麼重要的祕密，絕不能隨便洩露給不想聽的人。」

「老爺爺，那你知道自己什麼時候會死嗎？」

一個女孩以半擔心半好奇的口吻詢問。女孩穿著過短的吊帶短裙，配上滿是毛球的短襪，模樣顯得機伶。

「我正在聽小人說呢。小人當然連聲音也小。不是那麼輕易就能聽到。得全神貫注才行。要像這樣屏住呼吸，瞇起眼睛……」

老先生把蟲盒湊向耳邊，孩子們也靜下來，靜靜望著蟲盒和他的耳朵。

「怎樣？聽到了嗎？」

剛才那個少女再也按捺不住，開口追問。

「小妹妹，你要聽聽看嗎？」

「咦？」

少女露出不安之色，後退一步。

「我很少把小人的盒子借別人聽，但如果是你就沒關係。特別給你這個機會。你也沒意見吧？」

老先生望向小鳥叔叔。小鳥叔叔就只是很不可靠地應了一聲「欸」。

「我不行嗎？我想聽聽看。聽小人的聲音。」

「我也想，我也想！」

「喂。」

「還是別聽比較好。」

「就是說啊，就是說啊。」

孩子們你一言我一語地吵鬧起來，當中就只有那個少女呆立原地，不知如何是好。

「來，你把耳朵貼向這個鏤空的地方試試。」

老先生拉著少女的手，讓她站在自己面前。他把蟲盒遞給少女，同時從長褲口袋裡取出手帕，擦拭少女的臉。面對他那快得一點也不像老人的俐落動作，少女完全沒留意到他對自己做了什麼，只是戰戰兢兢地望向那鏤雕的紋路。

「你還是別聽比較好。這是騙人的把戲。」

一個男孩這樣喊道，孩子們就此一哄而散。穿著毛線襪的女孩也朝河岸遠去，旋即融入陽光中，不見蹤影。

老先生露出他平常那無比愉悅的表情，哈哈大笑。儘管周遭人轉頭看他，他也不以為意，假牙發出卡嚓卡嚓的聲響，向四周散播比綠繡眼和鈴蟲都還要有朝氣的笑聲。待他這聲長笑結束後，他以擦過少女臉蛋的手帕擦拭蟲盒，讓手帕一一穿過鏤雕紋路的每一道細縫，細心地擦拭良久。

夜幕將至，鈴蟲放聲鳴唱。兩人不約而同挨向彼此，耳朵貼近。你果然在這裡面，小鳥叔叔想像著躲在小盒子內看不見身影的鈴蟲，鬆了口氣。

一開始鳴唱的時候，總是教人感到不安。擔心聲音會不會瞬間就斷了，或者單純只是自己聽錯了。但過沒多久，鈴蟲微微展現出氣勢和悠然之感。讓人漸漸明白，這絕不是自己聽錯。

音色無比清澈。悄悄滲入耳道裡，沒留下任何多餘的氣息，一路往耳內深處而去，以幾乎讓人察覺不到這是聲音的低調，讓耳膜為之振動。這一點都不簡單。那聲音薄膜層層交疊，就此醞釀出微妙的感覺。

小鳥叔叔忍不住想要像模仿綠繡眼一樣來模仿鈴蟲的聲音，但顯而易見，並不容易。最困難的是保持音量。鈴蟲只會發出適合自己體形、恰好能容納在蟲盒裡的聲音。小鳥叔叔深感納悶，在這麼小的空間裡，要如何讓這麼纖細的紋路浮現出來呢？只要心裡想，很輕易就能扯斷的柔弱翅膀，竟然能發出此刻耳中聽到的聲音，實在難以置信，也許裡頭當真躲著一個小人也說不定。

鈴蟲持續鳴唱。中途雖然趨近無聲，但牠極力振奮翅膀，摩擦細毛，在黑暗中激起漣漪。這一波波的漣漪都被處女的油脂所吸收。

小鳥叔叔的眼前就是老先生的耳朵。他一樣只有這對耳朵不顯老態，長得如此水嫩，即使在黃昏中仍描繪出清楚的輪廓。從他耳朵的邊緣傳來體溫。小鳥叔叔明白，這是豎耳細聽的耳朵。長期以來一直守護著鳥屋的哥哥，持續替他說的話語翻譯的小鳥叔叔，能夠分辨怎樣是一心想聽出重要事物的耳朵、怎樣是普通的耳朵。他心生一股懷念。光是待在豎耳細聽的人身旁，便覺得自己的頭痛逐漸緩和下來。

擺在長椅旁的黑傘倒了。一如平時，老先生的頭皮屑落在肩上，鞋子上布滿塵埃。小鳥叔叔的太陽穴上貼著小塊的方形貼布。夜色漸濃，河流、茂盛的水草、河堤的對岸，都漸顯朦朧遙遠。不知何時，已不見孩子的身影，現場只剩老先生和小鳥叔叔兩人。

兩隻耳朵合爲一體，無從分辨你我。小人朝他們的耳中低語，傳達祕密。

10

秋意漸濃，冬天的腳步已近。聚集在庭院裡的鳥兒種類改變，幼稚園的鳥屋裡已安設加溫器，玫瑰園的玫瑰也落盡了。迎賓館的入場人數穩定下來，打工的女子也減爲只剩一人。隨著天氣轉寒，小鳥叔叔頭痛的日子漸增，但他每個週末還是會到河灘公園去。

「小鳥叔叔！」

他從倉庫裡拖出加溫器裝設在鳥屋時，一個學童朝他喚道。

「你有一個裝小人的盒子對吧？」

是之前老先生用手帕擦過臉龐的那名女孩。和那天一樣穿著起毛球的襪子。她似乎是從教室一路跑來，呼出白色的霧氣，紅通通的臉頰顯得很健康。頭髮綁了兩條髮辮，耳朵整個外露，現在仔細看才發現，難怪老先生會看中她，她有一對形狀漂亮的耳朵。

「您現在也帶在身上嗎？」

「沒有。」小鳥叔叔搖頭。「那是老爺爺的東西。」

「這樣啊……」

「老爺爺聽到自己什麼時候會死了嗎？」

「這個麼……」

「嗯……」

少女頭微微偏向一旁，接著手指勾向鳥屋的鐵絲網，視線追著文鳥走。

「你喜歡文鳥嗎？」小鳥叔叔問。

「嗯。不過牠們眼睛周圍有個紅圈，感覺有點可憐。」

「爲什麼？」

「因爲就像是用針頭一針一針刺出來的。」

文鳥的眼睛周邊的確有小米般大小的小紅粒，串珠般形成一個圓圈，那紅色是用來辨別牠們與其他鳥兒的最重要記號。可能是想起打針的情景，少女頓時臉色一沉。

「文鳥不會覺得痛，你不用擔心。」

爲了安慰她，小鳥叔叔這樣說道。

「眞的？」

「對。」

少女的表情就像擔心文鳥會滴血似的，注視著停在棲木上的每一隻文鳥。她綁在腦後的兩束髮辮乖乖地垂在背後。從兒童罩衣底下露出修長的雙腳，儘管穿著毛線襪，感覺還是很冷。

「不過……」少女開口說道，目光仍緊盯著文鳥。「要是把那個圈圈取下，做成耳環，一定很可愛吧。」

「耳環？」

「對。就是掛在耳垂上的那種。」

小鳥叔叔望向文鳥的眼睛。要是用針頭輕輕抵向文鳥的眼角，那紅色圓圈也許就能輕鬆取下。離開牠的黑眼珠後，紅色圈圈就會更加顯小，稍有一個疏忽，恐怕就會被指尖捏碎。適合戴上這個圓圈的，除了文鳥的眼睛以外，大概就只有少女的耳垂了。還沒人碰過的耳垂柔軟又光滑，而且呈半透明。和紅色圈圈一樣，彷彿會在不知不覺中被壓扁，無比脆弱。如果加上一滴血當裝飾，不知道有多可愛。每次她四處奔跑，小鳥叔叔總是誤以爲是文鳥在拍動翅膀而忍不住仰望天空。

「家人還沒來接你嗎？」

爲了不讓紅圈圈從她耳垂掉落，小鳥叔叔謹愼地開口問道。

「嗯。」少女轉過頭來，點了點頭。「媽媽有急事不能來，所以我在等爸爸來。」

這時，文鳥一隻接一隻鳴唱起來。那音色宛如是從鳥喙朝空中噴出遠比鮮血來得清爽的清水水珠。少女的臉無比紅潤，雖然手腳冰冷，看起來卻像微微冒汗。

老先生擦拭了少女的油脂，但沒碰觸她的耳垂。唯獨這文鳥的耳飾，一定沒被任何東西弄髒過。小鳥叔叔就像在安慰自己般，在心中如此低語。

「小▲，你爸爸來嘍。」

這時，遠遠傳來園長叫喚少女的聲音。

「石頭長椅可真冷。」老先生說。

他既沒圍圍巾，也沒披大衣，一樣穿著那件不再硬挺的西裝。只有寥寥幾人在這裡打羽毛球，或是在河堤上睡午覺，公園裡一片悄靜。太陽一度露臉，灑落陽光，旋即又被往下游飄去的浮雲遮蔽。

「沒錯。」

打從剛才起，老先生便一直耳朵緊貼著蟲盒，但鈴蟲始終沒有鳴唱的動靜，老先生就此手麻，微微發顫。儘管在濃雲密布的天氣下，蟲盒依舊不失光澤，鏤雕圖案的每一道溝，他都擦拭得無比晶亮，毫不馬虎。

「這傢伙已經沒用了。」

老先生搖晃蟲盒。盒裡微微傳來乾燥的沙沙聲。他往顫抖的手吹氣，一面跟之前教導如何開啟盒蓋的時候一樣，採同樣的步驟按壓側面的突起處，手抵向底板，滑動鏤雕的小窗，將它取下。接著也沒仔細檢查盒內情況，就隨手把盒子倒翻過來。有個東西滾落兩人腳下。小鳥叔叔不自主地縮腳。過了半晌，才知道那是鈴蟲。

鈴蟲似乎已經死了一段時間，身體乾枯，觸角脫落，還斷了幾隻腳，折疊的羽翅髒汙泛黑。這模樣無比寒酸，教人很難相信之前就是牠發出那般迷人的叫聲。

「盡情的鳴唱過後，等天氣變冷，一下就死了。」

老先生如此說道，一腳把鈴蟲踩扁。鈴蟲在他布滿塵埃的鞋子底下，就此化爲粉末。

接下來等了一週、兩週，都不見老先生露面。或許在鈴蟲的季節再度來臨前，老先生都不打算到公園來吧。雖然向老先生學會了分辨好鈴蟲以及保養蟲盒的方法，但老先生住哪兒、過著怎樣的生活，小鳥叔叔一無所悉。他常獨自坐在長椅上，凝望著水流、天色、聚集在河邊的野鳥，然後覺得老先生也許來了，就此轉頭望向河堤上方，但始終沒看到他等候的人出現。日已漸西，實在無事可做。坐在石頭長椅上確實冷得難受。不得已，小鳥叔叔只好跨上單車，去超市買了一些食材後，踏上歸途。

那個星期天，他同樣也像這樣騎在從河灘公園返家的路上。轉進通往幼稚園後門的小路時，他驚訝得倒抽一口氣，急忙剎車。有個人影正靠在柵欄的凹陷處。那人影正凝望著鳥屋。

雖然多少有點生鏽，但複製出哥哥體形的凹陷處仍保有其形狀，尚未受損。除了小鳥叔叔外，沒人知道凹陷處的事，路過這條小路的行人也不會朝這裡投注目光，只會快步走過這裡。小鳥叔叔見到凹陷處有個人影後，就此在原地呆立半晌。

那當然不可能是哥哥，他心知肚明。就只有短暫的一瞬間，他心裡抱持著「也許眞是哥哥」的念頭。那人影遠比哥哥來得小。但可以確定，對方望著鳥屋時的專注，與哥哥一樣。

是那個文鳥耳環的少女。天色逐漸轉暗，沒看見她母親，但是她把小小的身軀整個嵌進凹陷處的模樣，看得出她一點也不擔心，心情平靜。假日的幼稚園盡籠在黑暗中，感覺不到其他人的存在，文鳥也都聚在棲木上，正準備進入睡眠。只有一盞路燈，以銀光照亮少女的側臉。

「你一個人嗎？」

小鳥叔叔緩緩走近，向她搭話。

「啊，小鳥叔叔。」

少女發出平時那天眞無邪的聲音。

「你最好趕快回家哦，就快天黑了。」

「嗯。」

少女如此應道，卻沒有要離開柵欄邊的意思。

「我剛從風琴教室下課回來。」

「哦，這樣啊。」

她腳邊擱著一個縫有音符貼花的手提袋，裡頭可能裝著樂譜吧。小鳥叔叔站向少女身旁。他一站向那熟悉的地方，哥哥昔日的各種身影一一浮現腦海。有告訴他金絲雀種類的哥哥、豎耳細聽鳥囀的哥哥、靠在柵欄上靜止不動的哥哥。

「牠們都不再叫了。」

「天黑後，牠們就不叫了。」

「因爲害怕嗎？」

「不。是因爲要睡覺。」

身邊有個人在，和他一起望著小鳥。光想到這點，小鳥叔叔便湧現一股憐惜之情。

少女就像知道哥哥原本是什麼模樣般，沒刻意去改變凹陷處的形狀，巧妙地順著它的形狀，讓身體去貼合它。這是哥哥發現最適合用來欣賞小鳥的角度，少女謹守著這個角度。儘管夜色漸濃，文鳥的紅圈圈依舊保持鮮紅。少女的耳垂就在小鳥叔叔眼前。

「我送你回家吧。」

「不用，沒關係。」

「你母親要是擔心，那可不好。」

「沒關係的，我自己可以回去。」

少女拿起手提袋，抬頭仰望小鳥叔叔，回以一笑。

「再見，小鳥叔叔。」

「路上小心。」

「再見，小鳥叔叔。」

不等小鳥叔叔說再見，少女已往前衝出，消失在小路前方。小鳥叔叔面對眼前的黑暗，用波波語低語一聲「再見」。

那年冬天，寒氣逼人。接連幾日都是灰濛濛的天氣，好不容易放晴，緊接著又吹來強勁的季風，降下白雪。迎賓館的水管凍結，玫瑰園的支柱因承受不住積雪的重量而折斷好幾根，那名打工的女子在玄關的門廊處跌倒，手腕骨折。積雪後，學童開心地堆起雪人，擺在鳥屋前。這些凹凸不平、模樣難看的雪人，以紅蘿蔔和積木做成的耳朵聆聽文鳥的鳴唱。雖然替鳥屋蓋上毛毯，還把鳥裝進鳥籠，移往職員室避難，但還是有幾隻文鳥耐不住寒冷死去。牠們都按照幼稚園的規定，葬在「小鳥之墓」裡。

別院的積雪也遲遲不融化，鑽進交疊的殘骸縫隙裡，化爲骯髒的冰塊。恣意生長的庭院樹木底下，總是處在潮濕狀態，長出不知名的生物來，也不知道是青苔還是黴菌。儘管如此，冬天的野鳥依然精力充沛地到此聚集。黃尾鴝停在廢墟頂端，鎖定地面的蟲子；遠東山雀食欲旺盛，大啖餵鳥平臺上的食物，毫無戒心；至於哥哥口中那小心謹愼的小鳥，他特別疼愛的斑點鶇，也還是老樣子，特別小心謹愼，不去打擾其他鳥兒。不論風再冷、雪再大，沒有哪隻鳥露出不悅之色。牠們以上天賜予的歌喉竭盡所能地高歌，用那沒手掌大的小翅膀一飛沖天，朝高遠的天空而去。

這天，小鳥叔叔邊看報，邊剪著要貼在太陽穴上的貼布，目光突然停在地方版上的一小篇報導。因爲報導中提到的地名就在附近。上面提到一個五歲的小女孩和兄弟們一起去電玩遊樂場玩，就此失去下落，她父親請警方尋人，但隔天一早，女孩被人發現獨自在河灘公園的草叢裡哭泣。女孩說自己被一個陌生叔叔帶走，警方以拐騙未成年孩童的嫌疑展開搜查。小鳥叔叔腦中浮現那座公園的風景，自從蟲盒老先生不再出現，他已經好一陣子沒去那裡。公園外頭的河邊確實芒草叢生，足以供孩子躲藏，還有一座老早荒廢的漁夫道具倉庫。

「希望不要是那個女孩……」

文鳥耳環的少女從他腦中一閃而過。小鳥叔叔折起報紙，就像在探尋疼痛核心般，食指在太陽穴上游移，朝左右兩側貼上貼布。但也就只是這麼做而已。之後一直都沒聽聞抓到嫌犯的新聞。他並未太過執著於這件事情上，就只是心不在焉地想著，也許警方已經逮捕嫌犯，是自己漏看了報紙。不過，在幼稚園裡看到那個文鳥耳環的少女還是跟平時一樣精力旺盛地玩耍，他這才鬆了口氣，心想她應該是沒遇上那件事才對。

「最近時局不穩啊。」

還沒抓到嫌犯這件事，是青空藥局的老闆告訴他的。

「這附近的住戶好像都不讓小孩子出來玩了。」

「是麼？」

「小學也都是在父母陪同下，集體上下學。」

「哦……」

小鳥叔叔不知該怎麼回答。

「那座公園看不到半個小孩，這樣顯得很可怕呢。」

老闆難得這麼多話。

她上了年紀後，和她母親，亦即上一代老闆，長得愈來愈像。搭在櫃檯上那滿是老人斑的手背、清瘦的脖子上露出的皺紋、幾乎快被陳列架給吸走的低沉音調，與她母親根本無從分辨，有時甚至會搞混。每次搞混的時候，小鳥叔叔就會被拉回昔日和哥哥一起到店裡買波波的時光。寬口玻璃瓶留下的痕跡，與柵欄上的凹陷處一樣，幾乎都快消失了，但至今仍隱隱保有其形狀。

「那女孩好像被調戲了。」

老闆雙肘支在櫃檯上，悄聲說道。

「雖然沒明確這樣報導，但她被帶往河灘的倉庫裡，嫌犯對她做了不好的事……」

小鳥叔叔更加不知道該說什麼好，就此沉默，但老闆不予理會，仍接著往下說。

「因爲客人常在這裡聊天，我就算不想知道也還是會傳進耳裡。聽藥品公司的業務員說，嫌犯是個老人。」

小鳥叔叔隨口附和幾句，目光掃向陳列架上，確認是不是還有想買的貼布。

「聽說那個受害的女孩搬家了。也是啦，確實不好再住下去了。考量到以後……」

小鳥叔叔看準她停頓的空檔，開口問道：「我平時買的貼布還有嗎？」

「啊，對哦。我都忘了。」

老闆轉過身去，從陳列架上取出貼布的盒子，以白袍的袖口擦除塵埃。

「還是會頭痛嗎？」

「對。」

「不要老用這種東西來應付，最好還是去醫院看看。」

「不過這貼布很管用。」

「哦，是嗎？」

老闆再次雙肘支在櫃檯上，望向小鳥叔叔的太陽穴。因爲剛下班回來，還沒貼貼布，不過那部位的皮膚紅腫。

「可是，貼布貼在臉上，別人會覺得你很奇怪吧？」

「我不會貼著出門……」

「可是我就看過啊。」

「就只有假日的時候，偶爾會忘了撕……」

「總之……」

老闆拿起貼布的盒子，再次擺在櫃檯上，發出清脆的一聲「砰」。

「你自己要留意。別被當成可疑人物哦。」

小鳥叔叔點了點頭，幾乎是在無意識下以左手食指搔抓太陽穴。微微有種火辣的刺痛感。

「快去看醫生吧，知道了嗎？中央醫院不錯。那裡的內科醫生是名醫喔。」

一直到小鳥叔叔走出店外、跨上單車，老闆還不斷叮嚀。

當天晚上，兩名員警前來，說有話想問小鳥叔叔。當時他已吃完晚餐，收拾完畢，正準備打開收音機。

「很抱歉，這麼晚還來打擾。」

兩人禮貌周到，給人的感覺不錯。他們淺淺地坐向沙發，挺直腰桿，嘴角帶著微笑。

「您知道誘拐幼童那起事件嗎？」

其中一人問，另一人補充道：「我們在追查消息，多方請求民眾協助。」

兩人交替問了小鳥叔叔許多問題。例如家庭成員、工作性質、上班時間、職位、最初進幼稚園的契機、幫忙的工作內容、與園長的關係、到公園去的頻率、案發當天的行蹤……小鳥叔叔都一一仔細思考後才回答。不過，關於事發的那個星期日，他沒有清楚的記憶。可能是去打掃鳥屋，也可能是順道去青空藥局，或許是在超市採買，也可能一步也沒離開過家門。總之，沒什麼特別之處，只能說和平常的假日一樣。

「您去過河灘公園嗎？」

「沒有。」

這個問題他能馬上回答。因爲自從鈴蟲死後，他一次也沒遇見過那個老先生。

「天氣變冷後，我就沒去了。」小鳥叔叔補上這一句。

「天氣變冷前常去嗎？」

「嗯，可以這麼說。」

「您都去那裡做什麼?」

「也沒特別做什麼……和認識的人聊天……大概就這樣。」

「您說認識的人,是哪位呢?如果您方便透露的話。」

「名字我不知道。是在公園認識的老先生。」

兩人仔細詢問老先生的特徵。一個回答又生出下一個提問,一個又一個新的疑問把小鳥叔叔導引向更遠的地方。時間一分一秒過去,但這兩人似乎毫不在意。不知不覺間,小鳥叔叔頭痛起來。

「抱歉,我離開一下。」

小鳥叔叔中途離席,到廚房吞止痛藥。

「您在吃藥嗎?」

「是不是哪裡不舒服?眞不好意思,給您添麻煩了。」

兩人雖然出言慰問,但沒有要離去的動靜。

最後,小鳥叔叔對於老先生把鈴蟲關在盒子裡、在公園裡聽鈴蟲鳴唱的事,一句話也沒說。如果沒說出老先生的特徵,和老先生有關的事,他能提供的微乎其微。他並非暗自拿定主意,刻意要守住這個祕密,但不知道爲什麼,只要他想提到鈴蟲的事,話就說不好。是沒把握能夠好好說明蟲盒的事?只是單純覺得麻煩？或者全都是因爲頭痛？雖然他自己給了許多理由，但他內心深處早已察覺，是處女的油脂讓他心裡產生一股不安的漩渦。小鳥叔叔用字遣詞相當謹慎，努力避免提到老先生曾用手帕擦少女的臉的這個動作。

「占用您這麼長的時間，眞是不好意思。」

「謝謝您的協助。」

一直到最後，兩人始終很有禮貌。

送走兩人後，小鳥叔叔再也按捺不住，直接躺向沙發，緊按太陽穴，把臉埋進靠墊裡。頭蓋骨裡一陣波浪起伏，彷彿傳來疼痛相互作響的聲音。沙發上還留有他們的體溫，教人覺得噁心。小鳥叔叔伸手到桌下拉出存放貼布的空盒，顫抖著勉強貼了兩塊在太陽穴上。那是以前哥哥用來存放波波包裝紙的空盒，在貼布底下還留有幾張。雖然已經完全褪色，變得又乾又脆，彷彿只要手一摸就會碎成粉末，不過小鳥還是擔憂地望著小鳥叔叔。爲了不讓薄荷氣味跑進眼中，小鳥叔叔的臉朝靠墊裡埋得更深，同時緊閉雙眼。

到迎賓館上班前，小鳥叔叔先來到幼稚園，發現後門上鎖了。那是和柵欄一樣老舊，連門都稱不上的簡便入口，把手上掛著一把鎖。任憑他又拉又推，也只是卡嚓卡嚓響，怎麼也打不開。這種情況從未有過。與這扇塗漆剝落、滿是鐵鏽的門形成強烈對比的，是這把鎖。它很新，因上過機油而泛著黑光，看起來很牢固。

小鳥叔叔從柵欄的縫隙往裡頭窺望。文鳥沒任何異狀。輔助飼料沒了、菜盒裡的高麗菜枯萎，教人擔心，除此之外，水的髒汙情況以及飼料的減少程度都和平常沒什麼不同，文鳥精力充沛地飛來飛去。學童似乎都還沒入園，但職員室的窗戶隱隱映照著人影。

要大聲叫喚老師？繞往正門？還是等今天下班後再來打掃呢？正當小鳥叔叔猶豫不決，他看到園長從攀爬架後方走來。園長雙手插在圍裙的口袋裡，視線落向腳下，就是不望向小鳥叔叔。

「辛苦您了。」

「早安。」

寒暄過後，兩人隔著柵欄沉默了半晌。雖然跟退休的榮譽園長說過幾次話，但跟這位新園長幾乎沒有任何交流，小鳥叔叔感到困惑，不知該怎麼接話。他只能等園長幫忙解鎖。

「請問，這把鎖……」

正當小鳥叔叔好不容易要開口，園長就像要打斷他接下來想說的話似的，突然開口。

「根據園內的方針，我們決定嚴格控管門禁。」

園長身材清瘦，個子不高，皮膚白皙，手、腳、身軀、手指，全身每個部分都很纖細。她脂粉未施，剛洗過的圍裙上頭沒半點汙漬，微微聞到肥皂和護手霜的香氣。

「是，這樣比較安全。」

比起小鳥叔叔的聲音，文鳥的喧鬧聲更響亮地在冷冽的空氣中響起。

「監護人也都提出這樣的要求。」

不過，園長似乎不在乎小鳥叔叔說了些什麼。兩人的視線被柵欄分隔，分別在腳下與大鎖間交錯而過。

「因此……」

園長嚥了口唾沫。

「我們訂下規則，非本園相關人員禁止進入。有人隨時想來就來，照自己的意思照顧小鳥，這會令某些監護人覺得不放心。」

「原來如此……」

小鳥叔叔這才明白，眼前這把大鎖，不單只是防可疑人士，還用來把他阻絕於外。

「過去一直承蒙您熱心的幫忙，但現在變成這種局面，我心裡也很難受。盼請見諒。」

園長視線投向腳下，而且還低頭鞠躬，使得她身體看起來更小了。但她的口吻，與其說帶有歉意，不如說是焦急，只想著要早點結束這場對話。

「不，沒關係。」

小鳥叔叔忸怩不安地說道。

「那麼，以後是由誰來照顧鳥屋呢？」

除了這個問題外，小鳥叔叔沒什麼想問的了。

「我會讓實習生去做。」

她的說話口吻就像在說，照顧小鳥這點小事，誰都會做，不一定非你不可。

「請不用擔心。」

留下這句話後，園長轉身小跑步朝職員室而去。

「請更換成新鮮的高麗菜。還有，記得更換牡蠣殼粉和蛋殼。文鳥需要鈣質。爲了唱好歌，牠們很需要鈣質……」

小鳥叔叔朝園長的背影大聲喊道，但她始終沒回頭。倒是文鳥一隻又一隻唱起了求愛之歌，就像想回應他的聲音般。

小鳥叔叔慢慢察覺，大家在傳聞說他和誘拐幼童的事件有關。騎單車的時候，會感覺到陌生人投射來的視線，或是聽到他們在低語「ことり、ことり（編按：發音爲kotori）」。其實人們說的不是「小鳥」，而是「擄童犯」（譯注：「小鳥」的日文平假名寫作「ことり」，也有另一種漢字寫法爲「子取り」，有擄童犯的意思），這同樣也是青空藥局老闆告訴他的。

「所以之前我不是提醒你要留意麼。」

老闆在他耳畔低語。

「呃，我常買的貼布……」

但小鳥叔叔能說的，就只有這句話。

自從被鎖在門外後，幼稚園便沒再和他聯絡。小鳥叔叔心想，至少得當面向榮譽園長答謝才行，但根據從青空藥局聽來的傳聞，榮譽園長目前在一家照護高齡病人的醫院裡，好像連自己曾經是幼稚園園長的事也忘了。小鳥叔叔這時想起，第一個發現哥哥異狀、打電話叫救護車的人正是園長。園長一再邀他吃完點心再走，但自己爲什麼不肯乖乖聽從呢，他現在深感後悔。小鳥叔叔坐在母親、哥哥，以及小鳥胸針前，閉上眼，在心中說出對園長的感謝之意。

他很難靠近幼稚園半步。我又沒做虧心事，大可和平時一樣——他連這麼想的勇氣都沒有。帶孩子的家長一看到他，便急忙轉進一旁的岔路，或是握緊孩子的手，連他自己也不知道是該提出抗議，還是感到歉疚，滿腦子混亂。爲了平息混亂，小鳥叔叔使勁踩著踏板。

面向鳥屋的巷弄，是他家到迎賓館的捷徑，不過，如果避開這條路，就非得沿著大路繞遠路才行。他的住家、青空藥局、鳥屋、迎賓館所連成的一條線，就像哥哥所做的小鳥胸針一樣，描繪出一個無法撼動的形狀。現在要離開這個形狀，沒想到竟是這麼痛苦。只有他自己一個人留下一條不知會連往何處、歪歪扭扭的線條，最後從空中墜落。這就是他此刻的感覺。

再也按捺不下的時候，他會一大早趁天還沒亮便前往鳥屋。巷弄裡沒有行人，幼稚園當然也還沒人，小鳥叔叔可以和小鳥一起度過這沒人打擾的短暫片刻。不管多早來，小鳥都醒著。牠們梳理羽毛、發出唧唧的叫聲，從棲木飛向鐵絲網暖身。就算發現小鳥叔叔到來，牠們也沒喧鬧。

才離開這麼短的時間，鳥屋已經變得陌生。明明不是多了什麼新事物，或是少了什麼，但是從飼料的補充方式到水盒的擺放，全都顯得生疏。之前他花了很長的時間，把照顧小鳥的步驟做得像儀式一樣完美，除了他以外，只要有人插手，他一眼就能看出哪裡不同。鳥糞掉進棲木正下方的水盒裡，鞦韆的繩索纏住變得歪斜，長柄刷隨便擺在角落。之前拜託園長更換的高麗菜也不知去哪兒了，牡蠣殼粉和蛋殼也都沒補充。但小鳥完全沒表現出不滿之色，這更令小鳥叔叔感到坐立難安。

如果是他，會馬上把水盒裡的鳥糞和黏滑沖洗乾淨，再用刷子刷洗，重新注入乾淨的水。水盒不會擺在棲木下，而是靠在鳥屋旁。當然了，鞦韆的繩索也會調整好，好讓鳥兒盪鞦韆。舊的飼料全部丟棄，換上新的，而且爲了讓鳥兒享受味道的變化，要均勻地拌入牡蠣殼粉和蛋殼。要把眼前的地板打掃乾淨，看來得花不少時間。到底怎麼會讓這兒髒到這種地步？地上又黏又滑，長筒靴的鞋印都留在上頭。長柄刷隨意立在地板上，刷毛已經受損。得換把新的才行，這樣已經沒辦法使用了……

鳥屋就在小鳥叔叔面前。彷彿只要手一伸，就能握住那把長柄刷。但這當中存在著哥哥絕不想跨越的一步之遙。而眼前掛著的大鎖，封閉了這短短的一小步。

染紅東山的朝霞逐漸朝幼稚園的屋頂擴展而來，把殘留的黑夜推往天空的邊緣。鞋櫃、遊戲室的窗戶、攀爬架，正緩緩從朝霧中浮現。那個文鳥耳環少女穿的鞋子在哪兒呢？小鳥叔叔望著一路往教室前方延伸、呈方形的鞋櫃影子，心不在焉地想著這件事。他緊抓柵欄的手和耳朵凍得失去感覺。銀杏樹下的「小鳥之墓」一帶，仍留有上星期降下的雪，尚未融化。這時似乎有職員來上班了，正面玄關傳來單車的剎車聲，混進大馬路的汽車聲響中。

「要讓人疼愛你們哦。」

小鳥叔叔對著小鳥說道。

「我雖然不能常來聽你們唱歌，但我哥哥還是一樣會待在這裡。」

他如此說道，輕撫著柵欄的凹陷處。

「再見了。」

雖然耳朵凍僵，小鳥的歌唱依然清楚傳來。

小鳥叔叔在庭院裡焚燒幼稚園學童送他的感謝狀和紀念徽章。

「小鳥叔叔，謝謝您總是爲小鳥打掃鳥屋。」

之前一再打開來看、理應已能默背的這行文字，他又再次念出聲來。他的手指滑過那水藍色蠟筆所寫的「小鳥」二字，孩子們「小鳥叔叔、小鳥叔叔」的叫喚聲再度浮現耳中。他萬萬沒想到，小孩子竟然就藏在小鳥之中。纖細的腳和小得誇張的指甲、飄落的羽毛和翻動的兒童罩衣、堅硬的鳥喙和濕潤的嘴唇。小鳥與孩子的身影依序浮現，很快便相互重疊，無法區分。不知不覺間，他的食指染成了水藍色。

他把感謝狀和紀念徽章放在別房的廢墟上，以火柴點火後，很快便燒了起來，轉瞬燃起小小的火焰。他還沒來得及把手湊向前取暖，火便熄了，感謝狀和徽章皺縮成灰，就此被風吹飛。感覺彷彿比點火之前還要冷。

待鎮上居民談膩了這個傳聞，甚至連事件的概略都快忘了的時候，報上刊出嫌犯遭到逮捕的報導。是某個原本販售百科全書的推銷員，六十二歲，他說「因爲她太可愛了，忍不住向前搭訕」，老實地承認犯行，對其他罪行也都一一供述。小鳥叔叔仔細端詳嫌犯的大頭照。但任憑他再怎麼仔細觀察，照片中始終是個陌生男子。當然也不是那個持有蟲盒的老先生。

犯人被捕後，小鳥叔叔的生活還是老樣子沒變。幼稚園沒主動與他聯絡，當然了，也沒半點可以重回鳥屋照顧小鳥的跡象，那把大鎖依舊掛在那裡。依舊有人一看到他，便悄聲低語「ことり、ことり（擄童犯、擄童犯）」，或是急忙別開目光。

鳥屋很快便失去往日的風采。地板、鞦韆、棲木，到處沾滿鳥糞，飼料潮濕變色，水面上浮著藻類。鳥巢掉落地上，失去原本的功用，地磚被雜草掩蓋，屋頂上積滿了銀杏落葉。小鳥的數量一隻接一隻減少，只有空蕩蕩的空洞特別顯眼。儘管如此，剩下的小鳥仍舊在空洞間飛行，儘管已沒有對象，還是拚了命高唱求愛之歌。每次牠們揮動翅膀，就會有灰色羽毛掉落，落向泥濘的地面。

小鳥叔叔無能爲力。雖然不想看牠們那令人痛心的模樣，但在不忍見死不救的心情折磨下，一再來到鳥屋前。也許園長發現他的身影後，會重新考慮如何處置鳥屋，他心中淡淡地抱持這樣的期待，但最後這根本是白費力氣。不管他在這裡站再久，都不見園長現身，甚至應該說，只要園長從職員室窗口偷偷窺望得知這邊的狀況，便立刻縮回屋內。

就像失去主人的別房逐漸變成廢墟，過了季節的鈴蟲逐漸乾枯一樣，鳥屋也日漸荒敗。漫長的冬天過去，畢業典禮後不久，最後一隻小鳥也死了。因爲「小鳥之墓」的土壤鬆軟而且泛黑，小鳥叔叔明白，應該是平安下葬了。沒有小鳥的鳥屋顯得無比寒磣。

過沒多久，鳥屋便趕在開學儀式前拆除，不留半點痕跡。唯一令小鳥叔叔感到欣慰的是，哥哥沒目睹這悲慘的一幕。

11

鳥屋拆除後不久，小鳥叔叔便辭去迎賓館的工作。六十歲到了退休年紀，之後他以約聘方式繼續留下來工作，但這時公司卻突然不再經營迎賓館，於是他也趁這個機會離職。公司方面只是死板板告知不會再更新雙方之間的合約，但這或許和擄童事件有什麼關聯。不過，小鳥叔叔當然很清楚，就算追問也無濟於事。自從開放給一般民眾參觀後，迎賓館喧鬧不已，難以平靜，已稱不上是個待得舒適的職場，而且他頭痛的問題愈來愈棘手，現在正是辭職的好時機。

迎賓館轉售前的最後一天，邀請總公司的董事、合作廠商、生意往來的業者，舉辦了一場告別派對。大廳裡擺出各種料理和飲料，還有弦樂演奏，玄關大廳的牆上掛著之前造訪此地的重要人士照片當裝飾。每個人都很時尚，喝紅酒、吃著乳酪，談笑風生。有一群人誇讚玫瑰園的美，有一群人則是熱切地談到和迎賓館無關的工作，也有人不發一語，在陽臺抽菸。舉辦這場派對是爲了向功成身退的迎賓館以及歷年來任職最久的管理人獻上感謝之意，但出席者當中幾乎沒人注意到小鳥叔叔。就連在這種特殊的夜晚，他也像過去一再以管理人的身分接待來賓一樣，低調度過。他小心謹慎，不讓自己的影子從客人的腳下橫越，不讓自己阻擋別人的視線，展現他平時身體所熟悉的舉止。

被司儀帶到臺前的場面就只有一幕。司儀要他發表離職感言。他百般不願地拿起麥克風，行了一禮，小小聲說了一句感謝，但在嘈雜的大廳裡，他的話沒傳進賓客耳中，甚至有許多人不懂他爲何站在臺前。「大聲一點，大聲說」，司儀頻頻向他示意，弦樂器的演奏者也不知該在什麼時候重新奏樂才恰當。

他重新握好麥克風，清咳一聲，正準備大聲說話，緊接著下個瞬間，從他喉嚨發出的竟是綠繡眼的叫聲。

「唧啾嚕唧啾嚕唧唧嚕唧唧嚕唧、啾嚕唧唧嚕唧唧嚕啾嚕唧……」

爲什麼會這樣，他自己也無法解釋。這就像在說，如果需要大聲的話，就只有這個辦法，當他回過神來，綠繡眼已唱起歌來。

這聲鳥囀悅耳動聽，自從他跟哥哥學習以來，從沒唱得這麼好過。每一個音都在天花板迸散開來，與吊燈的燈光交融，轉眼響遍了大廳。他微微顫動的舌頭孕育出微妙的差異，旋律流暢，氣息綿延不絕。

嘈雜聲停了，賓客靜靜聆聽，一時之間似乎不明白發生了何事。甚至有人轉頭望向窗戶，以爲眞有小鳥誤闖進來。過了一會兒，有幾個人發現似乎是眼前這名男子在表演才藝，拍起了手，傳來陣陣掌聲，就此形成拍手叫好的局面。那拍手聲很沒勁，與綠繡眼的氣勢根本沒得比。當中還摻雜著「ことり、ことり（擄童犯）」的竊竊私語聲。小鳥叔叔把麥克風遞還給司儀，回到遠離人們視線的地方。綠繡眼歌聲餘音未散，現場恢復原本的嘈雜，衆人馬上便忘了小鳥叔叔的事。

從陽臺來到庭院的小鳥叔叔朝涼亭走去。幸好那裡空無一人。雖然有大廳逸出的亮光、幾盞庭園燈，以及高掛夜空的新月，玫瑰園依舊包覆在夜晚的寧靜中，就連盛開的花朵也在黑暗中低垂。他耳內仍有鳥囀的餘音繚繞，舌頭仍舊發麻。他什麼也沒想，就只是靜靜坐著。當初與哥哥吵架，第一次午休沒返家的那天；哥哥死後，每天都獨自一人吃麵包的日子；和圖書館館員一起聊候鳥……往日的記憶一一浮現，但心頭依舊平靜。音樂還有嘈雜聲，在傳來涼亭之前，已被吸向夜空，此時在他耳畔響起的，就只有野鳥、幼稚園的小鳥，以及候鳥可愛的叫聲。只要豎耳細聽，小鳥叔叔就能平安無事。沒必要爲了離開熟悉的工作環境而感傷，或是因想起再也無緣相見的人而悲傷。

「您要不要……」

突然聽到一個聲音，轉頭一看，站著一名女服務生。

「要不要來一顆？」

她遞出手中的托盤。裡頭擺滿巧克力。

「謝謝。不過，我不吃巧克力。」小鳥叔叔說。

「這樣啊。眞是抱歉。」

女子禮貌地致意，就此離去。黑暗似乎瀰漫著一股微微的甘甜香氣，不過那或許只是幻覺。

隔天起，迎賓館重新裝潢，不久便成了餐廳兼婚禮會場。小鳥叔叔再也沒踏進去過。

辭職後，小鳥叔叔的頭痛日漸嚴重。雖然他下定決心盡可能不服用止痛劑，最後還是向疼痛屈服，時常比規定的劑量多服下一顆、兩顆。曾幾何時，貼布成了他片刻不離身的護身符。不論是外出，還是就寢，他一天二十四小時都貼在太陽穴上，只要薄荷成分變淡就更換新的貼布。皮膚變得紅腫，有時還會脫皮、滲液，但這種痛楚與頭痛根本無法比，反而這種火辣辣的感覺還能化解頭疼，所以他不予理會，繼續在同樣的部位貼上貼布。

只要有空，小鳥叔叔就會把貼布剪成適合太陽穴的大小，存放在以前放波波包裝紙的紙盒裡。每當庫存減少，他就不由得擔心起來，感覺光是這樣就頭痛劇增。他會整天一再地打開紙盒，確認裡頭的片數，對數量感到不滿意時，就會馬上騎單車到青空藥局去。

話雖如此，貼布並非真的有效。就像皮膚紅腫一樣，薄荷的氣味不過是在掩飾他的疼痛，這點小鳥叔叔自己也心知肚明。但他就是離不開貼布。他辭去工作，打掃鳥屋的工作也被拿掉，對現在的他來說，除了去買貼布、剪成適合太陽穴的大小、收進紙盒裡，他已無事可做。只要和貼布有關，他便微微覺得自己是在做某件必要做的事。

「所以才要去中央醫院啊。」

青空藥局的老闆不厭其煩地向他提出同樣的忠告。

「那個醫生是個名醫。藥品公司的還有店內的客人都這麼說。前不久，開麵包店的那位老先生因不明原因的腹痛而昏倒，被送進那家醫院的內科……」

老闆非得花一段時間宣傳中央醫院的好之後，才會從架上取下貼布。

小鳥叔叔最後之所以下定決心前往中央醫院，並非是眞的想治好頭痛，而是擔心自己要是一直不去的話，哪天老闆就不賣他貼布了。

「醫生怎麼說？」

「醫生說我沒什麼毛病。」

「咦，眞的假的？」

「是眞的。」

他沒說謊。拍了X光片，驗完血液和尿液後，醫生就只說了一句「都沒毛病」。就像以前哥哥在語言學者那裡接受測驗時一樣，是平凡無奇的診斷結果。

但小鳥叔叔的心裡卻早已預測出這樣的結論。就像波波語是哥哥內心的一部分般，他的頭痛彷彿也難以和他分割，直接寄生在他腦中，已無法單純只將頭痛切除。

「醫生說，只要睡眠充足，吃有營養的東西，重配一副老花眼鏡，再做點沒負擔的體操，這樣就行了。」

「嗯……」

老闆一臉難以接受的神情。

她現在已超過她母親當老闆時的年紀，成了個老太太。小鳥叔叔不清楚她是否有孩子繼承店面，當第三代店主。老闆患有腰椎間盤突出的毛病，比小鳥叔叔的頭痛還要嚴重，已無法長時間久站，都是坐在疊了好幾片坐墊的木椅上。她的後背彎駝，掉了好幾顆牙，下巴突尖，外加重聽，客人要買東西，她常會要客人再講一次。不過她多年來培養的直覺仍在，一旦確認過藥名，就會馬上微微起身，以準確的角度轉動身軀，朝向貨品所在的層架。

「不管怎樣……」

老闆邊說邊移開椅子，直直地朝貼布的層架伸長手。現在她能最快取出的商品，就是小鳥叔叔的貼布了。

「不管是糖果，還是貼布，你們兩兄弟都固定會在我們店裡買對吧。」

「好像是呢。」

小鳥叔叔深有所感地望著擺在櫃檯上的貼布。那就只是印有商品名稱，平凡無奇的盒子。小鳥叔叔心想，要用這個盒子做出像小鳥胸針那樣含義深遠的作品，他實在沒這個能耐。

疼痛總是無預警來襲。就像有個發狂的巨人在他頭蓋骨內掄起大鐵鎚敲出巨響般，疼痛產生共鳴，在共振效果下愈來愈強烈。對他來說，疼痛是聲響。當中帶有旋律、節奏，以及和音，但全都雜亂無章，而且多得過剩，特異獨行，不知節制。即使摀住耳朵，巨人還是一味地往耳朵深處鑽，氣焰有增無減。

雖然他擅長豎耳聆聽，但要不去聽自己腦中發出的聲音實在很難。小鳥叔覺得自己宛如成了一個蟲盒，陷入這樣的錯覺中。在小小的黑暗中，潛藏著一個不知何時會開始動的聲音凝塊，看準出聲的時機。一旦它發出聲響，就無法讓它停下，至於什麼時候結束，沒人說得準。就算想解放黑暗，但唯一知道打開盒蓋方法的人，亦即那位帶著黑傘的老先生，已消失無蹤，沒再出現過。

就像老先生把處女的油脂塗在蟲盒上一樣，小鳥叔叔朝自己的頭貼上貼布。薄荷的氣味從鼻子傳進鼓膜，微微緩解他疼痛的振動。一旦貼上貼布，就無法好好睜大眼睛，頭會低得比平時還要低，視野變得狹窄。不論是騎單車行經鎮上、在超市採買，還是坐在公園的長椅上，他最常做的事就是望著自己的腳。即使閉著眼睛，他也幾乎能夠仔細在腦中描繪出自己腳尖的形狀。小鳥叔叔居住的世界逐漸縮小，幾乎沒有多餘的空間可讓其他人踏足其中，就算偶爾有人會看他，他們也都是像之前一樣竊竊私語著「ことり、ことり」。「ことり」到底是什麼含義，大家的記憶早已模糊，不過他一樣都還是小鳥叔叔。

早上起床後，小鳥叔叔會直接穿著睡衣來到庭院，把廢墟的餵鳥平臺整理乾淨，補充新的飼料。每次季節轉變，他就會用心調配穀物、水果、牛油、堅果，有時也會慷慨讓鳥兒吃蜂蜜蛋糕當點心。然後他會到庭院散步，看看野鳥送來的種子發芽沒，牠們喜歡的樹果結出了多少。拿了報紙回到家中後，換貼新的貼布。他爲自己準備的早餐不像給野鳥的那般講究。就只是煮白開水，沖泡紅茶。而且因爲薄荷氣味的緣故，聞不到紅茶的芳香，與喝白開水無異。在夜晚來臨前的這段漫長的時間，有時他會去圖書館。不是去分館，而是位於鎭上中心的總館。分館在他不知情的情況下閉館，掛上社會保險事務所的招牌。他還是一樣借閱鳥類相關的書籍。他總是能從衆多書籍中救出小鳥，這項特殊才能至今仍綻放光輝。只不過，已沒人誇讚他這項才能。把書本遞向借書櫃檯時，他會戰戰兢兢地抬起原本望向腳下的視線，打探圖書館館員的模樣，確認對方不是之前那位，這個習慣一直改不掉。

有時則是在河灘公園度過。也會爲了瑣碎的雜事而上銀行或鎭公所。當然還是會去青空藥局。爲了避開通往幼稚園鳥屋的巷弄，他很留意行走的路線。在家時都是看書、聽廣播、熱濃湯罐頭。自從哥哥死後便許久不曾展開的虛擬旅行再度開始，他會把詳細行程和攜帶的物品列成清單。現在沒人負責行李打包，所以他以釘書機釘好清單，收進抽屜後，旅行就此結束。

偶爾有人來拜訪。町內會會長前來抱怨道「你家的院子雜草叢生，很不衛生，請想辦法處理一下」；醉漢誤以爲這是一間空屋，擅自闖入；葬儀社的業務員前來摁鈴，建議他爲自己的喪禮存款。在他們自行離開之前，小鳥叔叔始終不發一語，靜觀其變。

一旦頭痛，光是爲了平息疼痛便耗盡他所有精力。除了貼布外，還有另一個紓緩頭痛的方法，那就是聽小鳥唱歌。他打開南邊的落地窗，讓頭暴露在戶外的空氣中，耐心等待小鳥往餵鳥平臺上聚集。若是等候良久也沒有半隻鳥現身，不得已，他只好獨自模仿綠繡眼的叫聲。就這樣度過一天。

那是個春意盎然的清早，蔚藍的晴空無可挑剔，難得他感到神清氣爽。由於沒感到頭痛，他比平時晚一個鐘頭醒來，此時陽光已照進寢室內，聽得見餵鳥平臺傳來小鳥的動靜。那「唧唧」的甜美叫聲應該是綠繡眼，也許正在啄食昨天預先插上去的蘋果。正當他躺在床上心不在焉地想著這件事，他聽見有個不一樣的聲音混雜其中。與鳥兒平時的叫聲以及歌唱聲不一樣，連是不是小鳥的叫聲都不確定，有股不平靜的氣息。

爲了探尋聲音的所在，他小心不發出多餘的聲響，緩緩走下樓梯，穿越起居室，打開朝向南面的窗簾。果不其然，在盛開的大花四照花間穿梭、晃動著花瓣的一隻隻綠繡眼映入他眼中。而他找尋的聲音，就混在牠們的聲音當中，雖然聲若細蚊，但確實是彷彿在手一伸就能搆到的近距離下。

小鳥叔叔打開落地窗。正準備把腳伸進擺在水泥臺階上的涼鞋，他發現裡頭有個東西在蠢動。他急忙把腳縮回，當場跪下，連同涼鞋一起捧起。

「竟然這麼小……」

那東西小到令他忍不住脫口說出這句話。牠的身體剛好容納進涼鞋足弓處微彎的凹洞裡。除了「小」一詞外，我不需要任何形容——牠就像是自己提出這樣的聲明般。不過，不管再小，小鳥叔叔一樣看得出來，這是一隻綠繡眼的鶵鳥。

似乎是撞到了窗戶，就此跌落，玻璃上還黏著些許血跡和脫落的絨毛。要是牠直接掉在水泥地上，後果不堪設想。他穿舊了的涼鞋橡膠鞋墊正好形成絕佳的緩衝，接受這隻綠繡眼鶲鳥。

身體突然浮向半空，綠繡眼感覺到有危險，極力想要飛走，但可能是因爲之前頭部撞向玻璃，造成神經麻痺，或者是傷到了關節，牠兩腳痙攣，無法站穩，翅膀也只能啪嚓啪嚓拍著，飛不起來。這段時間，牠張開鳥喙，像在叫喚同伴似的，發出尖細的鳴叫。聚集在大花四照花旁的綠繡眼全都專注地吸著花蜜，根本無暇顧及小鳥叔叔手中的東西。

「沒事的。用不著害怕。」

小鳥叔叔向牠低語，若即若離地輕撫牠的羽毛。牠的身體從鳥喙到尾羽都能輕易藏在手中。

「請別逞強。」

仔細一看，牠頭頂有滲血的痕跡。除此之外，似乎沒什麼明顯的傷痕。綠繡眼感覺到有人後，喉嚨緊縮，發出近乎悲鳴的叫聲，伸長脖子，盡可能想讓自己騰空而起。

「乖、乖、乖。」

小鳥叔叔以雙手捧起綠繡眼，心想，過去他從未懷抱這種顫抖的心境，如此小心謹慎地碰觸某個東西。牠是如此輕盈、柔軟，只要稍有疏失，恐怕瞬間就會支離破碎，卻又如此溫暖。光是這樣的溫度，就能證明眼前這團小小的肉球還活著。

第一次近距離看綠繡眼，才發覺牠的色澤出奇複雜。從背後到喉嚨一帶是大面積的淡黃綠色，翅膀夾雜著暗褐色，腹部為白色，這些顏色自然地融為一體。隨著光量和視線角度，給人一種說不出是何種顏色的奇妙印象。絕對稱不上華麗，擁有能融入樹木中的沉靜，同時又帶點可愛。

不過，牠和幼稚園鳥屋裡看慣的那些小鳥一樣，只有鳥喙特別。鳥喙與羽毛的柔軟、歌聲的甜美完全無關，它始終堅韌又氣勢十足地向前挺出，前端突尖，泛著黑光。

但更重要的是眼睛周圍的白色圓圈，宛如用細筆描繪而成。正如同綠繡眼的日文名「目白」一樣，那一圈是沒摻混任何雜色的純白，與文鳥的紅圈圈剛好形成漂亮的對比。

為了不讓牠胡亂振翅，白白消耗體力，小鳥叔叔手掌靠攏，綠繡眼就此略微恢復平靜，停止發出悲鳴，以那白色圓圈守護下的眼瞳望著小鳥叔叔。牠偏著頭，像在視線對焦，也像在思索，目光筆直地投向小鳥叔叔的眼睛。牠的烏黑眼瞳比水滴還小，但無比深邃。

小鳥叔叔突然忙碌起來。他先從儲藏室裡拉出紙箱和舊毛毯，先讓綠繡眼在裡頭休息。接著翻閱電話簿，找尋動物醫院的地址。在醫院開門營業前的這段時間，他從哥哥的書箱裡找出可能寫有小鳥飼育方法的書本，急忙只挑重要項目閱讀，接著找尋適合供水給牠喝的容器，不斷在廚房裡打轉。綠繡眼對新紙箱鋪成的床感到驚訝，腳被毛毯的皺褶包夾，再度發出唧唧唧的叫聲。

「好，我知道。你再忍耐一會兒吧。」

小鳥叔叔往紙箱窺望，對牠如此說道，牠突然變得溫馴許多，但只要小鳥叔叔一離開，牠就馬上出聲抗議。

爲了避免萬一毛毯從上方覆蓋造成窒息，他花了一番工夫把毛毯折好，鋪在紙箱底部，蓋上蓋子，綁在單車後方的貨斗。動物醫院在原本的迎賓館附近。雖然這是他以前走慣的路，但一路上他只擔心綠繡眼會從蓋子的縫隙飛到外頭來，或是因爲振動而加重傷勢。雖然得動作快才行，但偏偏這時也急不得。小鳥叔叔當然毫不猶豫地走幼稚園巷弄那條捷徑。鳥屋的遺跡、銀杏樹下的小鳥之墓、柵欄，完全沒映入他眼中，就這麼疾馳而過。他只聽到背後傳來生鏽的車輪聲和綠繡眼的叫聲，一路上猛踩踏板。

綠繡眼的左翼骨折。獸醫安撫牠，將牠壓制住，把翅膀折回正確的位置，然後將兩個部位連同身體一起用繃帶纏好固定。獸醫治療時，對小鳥叔叔說小鳥似乎有腦震盪，請暫時讓牠靜養，餵牠吃好消化的食物。獸醫那原始又粗魯的作法，小鳥叔叔看得心驚膽戰，但綠繡眼沒露出痛苦的模樣，反而因爲不會再動到受傷的部位，顯得神清氣爽。治療一結束，牠的叫聲就恢復成野鳥平時的叫聲，並用雙腳在診療臺上蹦蹦跳跳，用爪子搔抓。

返家的路上，小鳥叔叔順道去了青空藥局一趟，買了滴管和奶粉。

「哎呀，眞難得。」

老闆發出驚呼。

「竟然不是買糖果，也不是買貼布，而是買滴管和奶粉。」

「奶粉」一詞，她說得特別用力。

「是的。」

「爲什麼會買這種東西呢？」

「不好意思，我趕時間。」

綠繡眼仍綁在單車後方的貨斗上。

「啊，抱歉。也對，每個人都有自己的苦衷麼。那麼，是出生幾個月大啦？要用不同的奶粉哦。你可以從那一整排裡面挑選適合的。滴管應該是擺在那一帶……」

老闆伸展她那行動不太自由的腰部，努力踮起腳尖，把擺在最上層的盒子拉了下來。塵埃也跟著一同飄落。

「這是塑膠材質的便宜貨，用這個就行了嗎？以前店裡有實驗室用的上好玻璃材質滴管，但不知道收哪兒去了，都找不到。」

「不，這個就行了。」

「那貼布呢？今天不需要嗎？」

老闆出言提醒。其實也是時候該再補充一盒了，但現在他更想早點回家。

「不用了，下次再來買。」

小鳥叔叔留下這句話後，把裝有滴管和奶粉的袋子塞進單車前方籃子，急忙跨上單車。從昨晚起便一直貼在太陽穴上沒更換的貼布已經乾透，沒散發任何氣味，他對此渾然未覺。

翅膀纏了一圈又一圈的綠繡眼，就像是在變成鳥的過程中出了差錯的生物，模樣著實滑稽。不管是走是跳，都顯得步伐不穩，身體輪廓失去平衡，更加顯現出牠的柔弱。不過，顯而易見的，牠無法飛行，拜此之賜，只要把牠放在紙箱裡，就不必擔心牠會逃離。而牠似乎也終於明白，毛毯裡既暖和又安全。牠神經質地朝紙箱角落啄了一會兒，接著發現一處待得舒服的地方，就此窩在那裡。不過，唯有那對眼睛一直骨碌碌轉個不停，可能是既提防又好奇吧。

小鳥叔叔把紙箱放在餐桌上，在目光看得到綠繡眼的範圍內準備食物。之前為了供餵鳥平臺使用而買來存放的小米，他放進研磨缽裡磨碎，倒上一匙奶粉，以開水融解攪拌。把少許攪拌後的黏糊物放在手背上、確認不會太燙後，他用滴管吸起。

餵食小鳥比他想的還要困難。打從他磨碎小米、打開奶粉罐的時候起，綠繡眼便已感覺到食物的存在，變得急躁起來，發出明顯和之前不一樣的叫聲。見小鳥叔叔花這麼多時間，綠繡眼就像在催促他，訓斥般張大鳥喙，屋內規律地響起一陣清晰的聲音。那種鳴叫方式，讓聽到的人無法置若罔聞。

好不容易準備完成，小鳥叔叔右手拿著滴管，左手抱起綠繡眼。牠似乎已餓到極限，控制不住自己，雙腳急躁地搔抓他的手掌，繃帶底下的翅膀不安分地動個不停，而鳥喙深處的舌頭迫不及待想要吞嚥，就像它自己有意識般，不斷蠢動。

「別急，別急。」

小鳥叔叔這話是說給綠繡眼和他自己聽的。

用滴管擠出的第一口，從牠的鳥喙滿出的量意外地多，牠急著想吞嚥，結果就此噎著，痛苦得嘔了出來。大費周章準備的食物就此落向牠胸前。

「喂，你還好吧？」

小鳥叔叔急忙輕撫牠的背，但綠繡眼一臉滿不在乎。非但如此，還更加高聲催促道「沒閒工夫磨蹭了，再多來一點」。

他捧著綠繡眼的左手、捏住滴管的指尖、前端抵向鳥喙的角度，對這些瑣細的細節，小鳥叔叔全都繃緊神經。他額頭冒汗，貼布幾乎要脫落。要巧妙地把食物灌進鳥喙裡，必須配合綠繡眼的呼吸。滴管要朝鳥喙裡伸多深，要在叫聲的哪個空檔擠出食物，牠才能順利吞嚥，不會浪費，小鳥叔叔已逐漸掌握訣竅。當他定睛凝視綠繡眼的呼吸節奏，不知不覺也變得像是自己在吞嚥滴管裡的食物般，甚至覺得嘴巴裡有種黏糊糊的感覺。

雖然溢出了約三分之一左右，但總算是全都吃完了，小鳥叔叔就此鬆了口氣，才剛放下滴管，綠繡眼卻突然全身緊繃，強烈地提出抗議。

「爲什麼停下？誰決定結束的？不是才剛開始嗎？快點。動作快。現在不是拖拖拉拉的時候。」

就像能聽懂哥哥的語言一樣，小鳥叔叔也明白綠繡眼的意思。叫聲傳進小鳥叔叔事先在心中準備好的位置，依照約定收納其中，沒半點勉強。

小鳥叔叔再度從頭準備食物。不能一次做太多。哥哥留下的書中寫到，從母鳥口中得到餵食的幼鳥，不會吃冷的食物。

「知道了啦。食物很充足。你不用擔心。」

小鳥叔叔極力說服牠，但在滴管伸進鳥喙之前，綠繡眼的催促聲毫不鬆懈。牠對食物索求無度。小鳥叔叔漸漸感到害怕起來。他有種不知所措的感覺，心想，暗藏在牠喉嚨裡的黑暗到底有多大？可能是他想多了，感覺跟一開始相比，鳥兒的重量隱隱增加了些，鼓起的腹部也從繃帶中間滿出，但牠還是吵著要吃。綠繡眼無比專注。牠用盡全身力氣，持續吞嚥。舌頭不斷晃動，目光緊盯著小鳥叔叔，只要他稍有停手的跡象，就會馬上催促他繼續動作。

綠繡眼突然發出「嘔」的一聲，嘔出食物。那是牠吃飽的訊號。

「這樣就夠了吧？」

原來喉嚨裡的黑暗並非無底洞，小鳥叔叔就此放心地吁了口氣。綠繡眼的身體和小鳥叔叔的手都滿是髒汙。爲了避免細菌跑進傷口，他用濕毛巾一再擦拭牠的身體。在紙箱裡躺下後，鳥兒便舒服地排起便來。

12

小鳥叔叔感覺綠繡眼離他最近的時刻，是在晚上上床闔眼的時候。擺在寢室角落的紙箱被黑暗包覆，塡飽肚子的綠繡眼已沉沉入睡。牠白天那忙得不可開交的眼睛和舌頭，現在也都沒半點動靜，牠鳥喙緊閉，尾羽朝下。毛毯溫柔地包覆牠受傷的翅膀，紙箱高高聳立，把綠繡眼藏在安全中。

儘管如此，小鳥叔叔還是能充分感覺到這隻生物散發的氣息。與催促的叫聲一點都不像，小心翼翼的呼息聲、隨之上下起伏的鼓脹腹部、滲進毛毯裡的體溫，全都浮現在他眼皮裡。明明已閉上眼睛，卻能看見各種東西。彷彿連心跳聲也聽得見。綠繡眼的心臟大概和銀杏差不多大小吧。那是放在掌心中滾動，會忍不住想含進口中的大小。在果凍狀的薄膜包覆下，呈現透明的淡粉紅色，像在低語似的撲通撲通直跳。小鳥叔叔仔細聆聽那低語聲。

除了他自己以外，有其他生命在他身邊。他細細品味這項事實。這是自從哥哥死後，睽違許久再次浮現的感覺。與哥哥相比，綠繡眼的體積小到幾乎不存在，單手就能捏碎，微不足道，牠和自己沒有血緣關係，甚至連人都不是，爲什麼會如此深入他心底，實在不可思議。這樣的不可思議，將小鳥叔叔引向沒有疼痛的深沉睡眠中。

根據獸醫的診斷，要等到牠骨頭長好，可以重新飛翔，似乎得花上三週的時間。生活頓時以綠繡眼爲中心在運轉。每隔四小時就得餵食，就算半夜也一樣，他照獸醫的教導重新幫牠纏繃帶，並常清洗毛毯，用日曬消毒。早上伴隨著綠繡眼的鳴叫聲起床，晚上和綠繡眼一起入眠。

小鳥叔叔常想，要是哥哥還活著，不知道有多好。雖然哥哥明確拒絕飼養小鳥，但如果遭遇這種緊急事態，哥哥一定會以任何人都模仿不來的身手，宛如世界獨一無二的小鳥專用看護般，替綠繡眼治療。

不過，他無暇沉浸在感傷中。不管他是否不如哥哥手巧，當時機來臨，必須做的事他都得去完成。一切都是以綠繡眼優先，不許有任何例外，就連頭疼也一樣，小鳥叔叔就此戒掉貼貼布的習慣。因爲綠繡眼討厭薄荷的氣味。

照顧告一段落後，小鳥叔叔仍會靜靜往紙箱內凝望。有廚房的工作要忙時，就會把紙盒搬往餐桌上；看書時搬往書桌上；聽廣播時搬往起居室的桌子上，以備有事發生就能馬上觀察牠的情況。只要塡飽肚子，綠繡眼絕不會提出無理的要求。儘管是這副行動不便的模樣，但牠不會表現出不滿，也不會發脾氣，牠以自己學會的平衡，開心地四處走動，用鳥喙一一探尋毛毯的皺褶，玩膩了就縮起身子休息。

小鳥叔叔不時會想對牠惡作劇，或是拿哥哥的小鳥胸針湊近牠。那是檸檬黃的胸針，是值得紀念的第一個作品。一開始，綠繡眼感到提防，躲向角落，但牠很快就敗在好奇心下，就此伸長脖子，一步步走近，最後從它的頭到內側的安全別針，全都開始啄了起來。看起來就像在抱怨道「你竟然在我面前大搖大擺地張開翅膀，很狂妄哦」。小鳥胸針則是一副滿不在乎的模樣，任憑擺布。

望著牠這副模樣，時間就此在不知不覺中流逝。兩人之間沒有柵欄，也沒有鳥屋。這隻綠繡眼比幼稚園裡的小鳥更需要小鳥叔叔。

綠繡眼叫個不停。不同於想要食物時忘我的鳴叫，在好天氣的上午，尤其是牠有許多同伴聚集在庭院裡時，牠會像小鳥一樣發出唧唧、嘰嘰、吱吱之類的叫聲。有時像在與收音機傳來的音樂對抗，與它比賽般放聲鳴叫；有時則是在寂靜下，對著看不見的人自言自語。聲音響遍屋內每個角落。最近沒什麼機會打開、一直任憑灰塵堆積的父母寢室，以及父親塞滿書一直維持原狀的展示櫃，都吹進了一股生物的氣息。

把綠繡眼留在家中，自己獨自外出，是很痛苦的事。基於衛生層面的考量而需要新的滴管，或是要到郵局提錢，他都擔心得不得了。具體來說，到底是在擔心什麼，他也說不上來，但光是想到留了一隻身上纏滿繃帶的綠繡眼在家裡，就感到坐立難安。小鳥叔叔爲了能在最短的時間裡前往目的地，他使勁踩單車，俐落地辦完事後，氣喘吁吁地衝回玄關。往紙箱裡窺望後，綠繡眼當然好端端的在裡頭。

「你這是怎麼了？幹麼這麼慌張。」

牠的眼神就像要這麼說似的，抬頭望向小鳥叔叔。

「有什麼狀況嗎？」

「不，沒有。」

綠繡眼一再往左右偏著頭，想看清楚小鳥叔叔。就算翅膀嚴重受傷，無法飛翔，但這個證明鳥兒有多聰明的動作依舊不受任何影響。

綠繡眼日漸康復。步履穩定，體形也顯得圓潤，頭頂的傷口已結痂，覆滿新的羽毛。進食的間隔拉長，已不用半夜醒來餵食，不過，一次進食的量卻增加了不少。小鳥叔叔跟著調整食物的配方，在小米中摻進更多的牡蠣殼粉和青菜，還不時餵食因加了蘋果汁而發脹的蜂蜜蛋糕。綠繡眼看起來吃得很專注，但只要食物中摻雜了沒嘗過的味道，牠一時會顯得猶豫，收起舌頭，謹慎地思考這是否安全。不過，一旦確認過安全後，接下來就會一路往前衝了。牠尤其喜歡蜂蜜蛋糕。你之前把這東西藏哪兒去了——牠像在責怪似的，抬眼瞪了小鳥叔叔一眼，接著以幾欲把滴管整個吞下的蠻勁，要求再來一份。

「乖，別急。」

「沒人會搶的。」

「乖、乖，好孩子。」

「好吃嗎？」

小鳥叔叔不斷地喃喃自語。不，這不是喃喃自語，而是在和綠繡眼說話，他意識到這點，同時發現自己在無意識中使用了波波語，連他自己也感到驚訝。的確，小鳥叔叔懂波波語，但他不會說，自從哥哥死後，他便沒機會再聽到波波語。但面對綠繡眼時，他自然脫口而出的是那懷念的波波語。雖然他無法像哥哥一樣說出長長的句子，但每個單字準確地逐一浮現腦海。小鳥叔叔不可能忘了波波語。

只要他一說話，綠繡眼一定就會轉頭望向聲音的方向。從來不會不理他，裝沒聽見，或是露出不耐煩的表情。綠繡眼表現出的態度就像在說，只要有人發出聲音，我就有義務聽清楚。

小鳥叔叔準備食物的動作已不再慢吞吞。不論是濃度、分量，還是溫度，他都能憑直覺測量，只要用左手碰觸身體，就能用綠繡眼最能感到心安的力道將牠抱起。

「來，吃飯了。」

「吃飯」是綠繡眼第一個學會的波波語。不管收音機裡傳出多熱鬧的音樂，庭院裡有再多的野鳥歌唱，這句話所暗藏的迷人聲音，綠繡眼絕不會漏聽。「來，吃飯了」，每次小鳥叔叔這樣一說，就好像自己是操控這聲音魅力的重要人物般，深感驕傲。

爲了不讓小鳥叔叔插錯滴管的位置，綠繡眼會張大鳥喙，抖動舌頭發出訊號。

「這邊、這邊。是這裡才對哦。」

小鳥叔叔會先用滴管前端碰觸鳥喙的邊緣，傳達「我不會搞錯」的訊息後，再沿著下方的鳥喙，微微將滴管滑進深處。他一面小心不去傷及牠柔軟的口內，一面看準牠舌頭的動作和叫聲間的空檔，以食指和拇指擠出適當的量。綠繡眼的喉嚨上下起伏，以一滴都不肯浪費的專注將食物全吞進肚裡。食物滑進黑暗中的感覺，也傳至小鳥叔叔手掌。

綠繡眼再次張嘴。小鳥叔叔反覆同樣的動作。嘴巴、舌頭、指尖、手掌，彼此的身體互相傳達訊號，相互理解，過程流暢，沒半點勉強和躊躇，看起來宛如綠繡眼成了小鳥叔叔手掌的一部分，或是小鳥叔叔的手指成了綠繡眼的一部分。

兩人不時目光交會。甚至連波波語都不需要的瞬間，在兩人之間靜靜流淌。眼睛周圍的白色圓圈裡頭明明就只是一團黑，但小鳥叔叔知道，上面映照著他的身影。

綠繡眼靜靜等候。目不稍瞬地等候小鳥叔叔餵牠。

這天是晴空萬里的日子，與當初拯救綠繡眼那天一樣，是個緩和的清晨。晨光照向擺在起居室窗邊的紙箱，庭院樹木的樹葉散發濃密的綠光，不知不覺間，餵鳥平臺聚集了許多野鳥，熱鬧非凡。坐在沙發上看報的小鳥叔叔突然察覺紙箱中傳來的叫聲與之前不太一樣。聲音明顯比平時的叫聲還長，但缺乏完整性，總覺得不夠鮮明。起初小鳥叔叔擔心牠是不是沒精神，後來才發現，那不是對外訴說的口吻，而是像在反問自己般，呈現出深思的氣氛。小鳥叔叔收起報紙，往紙箱內窺望。綠繡眼沒發現小鳥叔叔的動作，牠面朝紙箱的角落，時而低頭，時而偏頭，發出鳴叫。而在窗外，野鳥恣意飛翔，完全沒留意這隻幼鳥發出的生澀叫聲。

小鳥叔叔頓時曉悟，牠是想唱歌，想唱出求愛之歌。爲什麼之前從沒想過這隻綠繡眼是雄是雌的問題呢，連他自己也覺得很不可思議。但現在知道了，牠是雄鳥。

小鳥叔叔心想，你就好好聽野鳥示範的歌聲吧，就此打開窗戶。但很不巧，餵鳥平臺沒有綠繡眼，除了棕耳鵯高聲鳴唱外，就只有麻雀比較顯眼。不過，這隻綠繡眼還是努力想唱出綠繡眼之歌，用牠那傷勢初癒的小腦袋極力思索。牠想要憶起的歌曲，是在牠掉進涼鞋之前就存在於牠向父母學會的記憶之中，還是打從牠出生前就已暗藏在牠體內，小鳥叔叔並不清楚。但不管怎樣，可以確定的是，牠該唱求愛之歌的時間已經愈來愈接近了。

小鳥叔叔猶豫了半晌後，模仿起綠繡眼的叫聲。對於這樣的行爲，他沒什麼自信，但他照著以前哥哥教的方式緊縮喉嚨，振動舌頭，從噘起的嘴唇呼出氣息。

「唧啾嚕唧啾嚕唧唧嚕唧唧嚕唧——啾嚕唧唧嚕唧唧嚕啾嚕唧——」

綠繡眼馬上抬頭仰望他，靠過來想聽得更清楚一點。小鳥叔叔試著一遍又一遍叫給牠聽。綠繡眼就像模仿似的，也發出叫聲，但一會兒音高失準，一會兒聲音中斷，就是叫不好。小鳥叔叔加以引導，靠在牠身旁鼓勵。綠繡眼就算失敗也不氣餒，爲了不想錯過眼前的範本，牠又從頭來過一遍。

「嗯，很棒、很棒。」

只要綠繡眼唱出較長的音節，小鳥叔叔便出言誇讚。每次這麼做，當初哥哥教他如何模仿鳥鳴而得到哥哥誇獎時的喜悅總會再次浮現心頭。

「很棒，很棒。」

綠繡眼當然也聽得懂這句波波語。每次聽他這麼說，就會更加賣力地站穩腳步，挺直身子，想讓他聽得更清楚一點。他們就這樣一起唱歌，度過一整個上午。

綠繡眼日漸進步。牠已能拉長氣息，這段時間不光能多次展現抑揚起伏，高低落差也變得鮮明，音色也益發清亮悅耳。不過，也常有不順利的時候，這時綠繡眼就會露出「啊，糟糕」的表情，馬上重來，想要就此帶過。要是唱得順利，就會抬頭仰望，等候小鳥叔叔出聲誇讚。

就算小鳥叔叔沒空陪牠，牠也會自己複習。小鳥叔叔很喜歡豎耳凝聽牠練習的歌聲。當然了，一起唱歌也很快樂，但綠繡眼孤獨的練習帶有一股連老師也不許擅自闖入的認眞，以及令人聞之心靈平靜的神聖。牠明白這樣的歌聲還不能獻給任何人，於是牠一面回想範本，一面唱給自己聽。在不會有其他雜音介入的角落裡，比起跟小鳥叔叔練習的時候，綠繡眼更加低著頭，靜靜注視著紙箱的某一點。

小鳥叔叔從遠處窺望，不去打擾。當生物想聆聽的不是外面世界的聲音，而是自己內心的聲音時，看起來竟是這麼聰慧，小鳥叔叔對此感到驚訝，悄悄注視著牠。

在這樣的過程中，綠繡眼的骨骼已順利接上，拆下繃帶的日子愈來愈近了。

「是不是馬上放回野外比較好呢？」

小鳥叔叔向獸醫詢問。

「先讓他習慣翅膀一陣子，展開飛行練習，等體力恢復後再放回野外，這樣比較安全。」

他明白近日就非得讓綠繡眼回歸大自然不可，但聽到獸醫的回答後，得知在那之前還會再延續一陣子，他就此鬆了口氣。

他馬上去百貨公司的寵物用品專櫃買了個鳥籠。鳥籠的種類當眞繁多。他逐一逛過一輪後，最後挑選了一個只有一根棲木橫越其中、沒有多餘裝飾的竹籠。這碰巧是米琪兒商會生產的鳥籠。

「鳥籠並非是用來囚禁小鳥的籠子。而是用來給予小鳥適合牠的小巧自由。」

小鳥叔叔想起了米琪兒商會公司史裡的一句話，同時，昔日坐在閱覽室椅子上的感覺、借書證的形狀、蓋印章的聲音、圖書館館員說「還書日是兩個星期後」的聲音，全浮現腦海，頓時感到心中一陣澎湃。他就像要加以揮除般，一把抱起鳥籠，快步離開百貨公司。

取下繃帶，離開紙箱，第一次進入鳥籠後，綠繡眼突然有了鳥的樣子。牠馬上重拾原本的輪廓與平衡，振動牠重拾自由的翅膀。從原本的毛毯觸感變成竹子，牠沒感到困惑，直接就伸展身軀，雙腳微微浮離棲木，展現出彷彿隨時就會飛起來的幹勁。

「慢，別急。」小鳥叔叔說。「要是再骨折一次，之前的努力就白費了。」但看起來牠翅膀的傷勢已復原。牠左右對稱地伸展雙翅，看不出曾固定了三週之久，暗褐色的羽毛滿蘊精力。

綠繡眼很快便習慣這個鳥籠。紙箱已被忘得一乾二淨，彷彿打算長期以此爲巢。

「如你所見，我很習慣。」

綠繡眼馬上便享受起站在棲木上的感覺，同時露出自豪的表情。

牠同時也不再吃那些斷奶用的副食品，已能自己吃穀類和麵包蟲。牠總有一天會啟程離開，爲了那天的到來，小鳥叔叔決定再也不摸綠繡眼。雖然有時會一時衝動，很懷念牠的溫暖，差點忍不住伸出左手，但他還是忍了下來。與紙箱不同，鳥籠的門很小，小鳥叔叔的手伸進去，只能伸到手背一帶。

不曉得是否跟住處或食物有關，自從搬進鳥籠後，綠繡眼的歌唱得更好了。每個聲音之間的轉換速度加快，高低起伏也很巧妙，音色中還加入一絲甜美。起初的生澀感已完全消失。

兩人每天都在上午一早便展開練習。有時一早餵鳥平臺會聚集許多綠繡眼，但這隻綠繡眼卻不聽牠們的鳴唱，只跟著小鳥叔叔的歌聲走。兩人的歌聲逐漸接近，一度融爲一體，合奏出難以分割的同一旋律。

「你變厲害了呢。」

這種時候，綠繡眼總會骨碌碌地轉動眼珠，傳達訊號。小鳥叔叔也會點頭回應。那是他們倆用暗號互通心意的瞬間。

而「孤獨的練習」也愈來愈帶勁。綠繡眼用自己的方式去分解範本，確認每一個音的高度和長度，然後對其串連方式加入巧思。牠一直不滿意。就算小鳥叔叔聽了覺得沒問題，但牠似乎還是覺得哪裡有意見，在這個問題解決之前，一直重複同一個音節，不肯罷休。爲了不損及牠的孤獨，小鳥叔叔沒開收音機，也沒跟牠搭話，甚至屏住呼吸，坐在沙發上。面對鳥類時，該採取什麼態度才正確，就像哥哥所示範的一樣，他一直保持安靜。

現在不需要擔心要在夜裡餵食或是應付緊急狀況，小鳥叔叔決定夜裡把鳥籠放進起居室的展示櫃裡。把原本父親留在櫃子裡的書全都收進儲藏室後，正好形成一處安放鳥籠的空間。

「從今天起，你要練習自己睡。」

可能是對新環境感到困惑，綠繡眼轉動頭部，朝櫃子東張西望。

「用不著擔心。自己一個人睡得比較好。」

大致檢查過每個角落後，綠繡眼站在棲木正中央，像在細細思索小鳥叔叔說的每一句話似的，仔細聆聽。

「晚安。」

小鳥叔叔低聲說出他最喜歡的一句波波語，就此關上門。他不知道綠繡眼是否會因爲害怕而大鬧，因而在展示櫃前站了一會兒，但門後的牠一直安靜無聲。

「唧啾嚕唧啾嚕唧唧嚕唧唧嚕唧——啾嚕唧唧嚕唧唧嚕啾嚕唧——」

翌晨，他從展示櫃裡取出鳥籠，擺在晨光照耀的窗邊，過了一會兒，綠繡眼從開始到結束，一口氣唱完。不論是音色、起伏，還是節奏，都和昨天明顯不同。

「咦！」

小鳥叔叔不由得轉頭驚呼，綠繡眼則擺出一副「你想聽的話，要我唱再多次都行」的態度，屋內再度響起牠剛練成的歌曲。小鳥叔叔走近窗邊，伸出雙手，用手掌包覆鳥籠，以這動作代替擁抱綠繡眼。

不知不覺間，牠已成了一隻眞正的小鳥。不需要紙箱和滴管，只要牠想要，隨時都能振翅高飛，自在地唱歌求愛，一隻如假包換的小鳥。

牠的叫聲無比清澈，如果把手浸泡其中，有可能會從皮膚裡透出血管來，就是這般透明又帶有飽滿的厚度。有一股緩緩包覆鼓膜的柔軟。每個聲音的粒子從鳥喙朝四面八方飛散，意外地傳向遠方，一路往前滾，聲響尚未消失，旋即又有新的粒子緊追而來。相互重疊的聲響展現出更纖細的表情，化爲連在樂譜上也寫不出來的和音。

發出這美麗歌聲的，是之前吵著要食物吃、黏答答的那個鳥喙嗎？小鳥叔叔感到難以置信，注視著綠繡眼的鳥喙。綠繡眼一概不受多餘的想法束縛，使出渾身解數，專注地歌唱。牠雙腳踩穩棲木，尾羽顫動，喉嚨起伏。可能是內心激昂的緣故，眼睛周邊的白色似乎比平時更鮮明。鳥喙裡頭的舌頭做出何種複雜的動作，小鳥叔叔覺得自己看得出來。之前牠吞嚥食物時的天真無邪已消失無蹤，那肯定就像被施了魔法般，描繪出一道神祕的曲線。

「唧啾嚕……」

小鳥叔叔想和牠一起鳴唱，一時間差點就唱了起來，但他旋即閉上嘴巴。引導牠唱求愛之歌的人，無疑就是小鳥叔叔，但現在綠繡眼所唱的，是和範本截然不同的種類。牠已不光只是模仿範本，還加入自己獨特的聲音，學會逐一串連音節的技術。那歌曲會讓人忍不住心想，要是自己也能這樣唱，不知道多幸福。但不管再怎麼期盼，也絕對無法重現那樣的歌聲，只有綠繡眼才有辦法唱出。

只要還有一口氣在，綠繡眼便持續唱個不停。窗外的野鳥也熱鬧地唱著歌，但牠們都沒有鳥籠裡的綠繡眼唱得好。傳進小鳥叔叔耳中的，就只有眼前這隻綠繡眼的聲音。

「你不用太勉強自己。」

小鳥叔叔差點忍不住說出這句話來。雖然很想長時間聽下去，但他心裡害怕，怕要是一直放著不管，不知道會變成怎樣，也許鳥兒會整個身體爆開，飛濺四散。他因爲那令人畏怯的美而呆立原地。儘管如此，綠繡眼卻不顯一絲怯色。

小鳥叔叔再度遵從哥哥的法則，除了靜靜豎耳聆聽外，他無技可施。他只知道，與綠繡眼道別的日子近了。

13

「好個與眾不同的歌手啊。」

男子也沒先問候一聲，一露面就劈頭這樣說道。當時是下午，小鳥叔叔和平時一樣，敞開面南的落地窗，讓綠繡眼做日光浴。

「是春天的綠繡眼吧？還很年輕。是剛離巢嗎？」

男子撥開恣意生長的樹木，大步橫越庭院走來。

「我被這動人的美聲吸引，忍不住冒然闖入，明白自己這樣實在很失禮。我摁了門鈴，但好像故障了，所以才……」

男子像在替自己的行爲解釋般，補上這麼一句，接著望向崩塌的別房，以及裝設在那裡的餵鳥平臺。

「您是哪位？」

「我也養綠繡眼。」

男子沒報上姓名，直接說道。聽他的口吻，似乎覺得沒其他事比這更重要了。

「兩、三天前，我因爲工作路過這裡就發現了。我經營一家鐵工廠，不時會到這一帶跑業務。話說回來，牠可眞是叫得毫無顧忌呢。一聽就知道聲音是從這間屋子裡傳出來的。這房子的確很像小鳥會喜歡的地方。大家好像都叫你『小鳥叔叔』呢。附近的人都這麼說。」

聽到這久違的稱呼，小鳥叔叔頓時有所戒備，但男子似乎打從一開始就只對綠繡眼感興趣。他肆無忌憚地走近後，直接彎腰窺望起鳥籠來。此人穿著因老舊而貼合身形的灰色工作服，戴著同樣顏色的帽子，腳下穿的是一雙耐穿的工地用鞋。他胸前口袋裡插著工作手套，長褲沾滿油汙，看起來比小鳥叔叔年輕一些，但從帽子裡露出的白髮特別顯眼。工作服前胸縫著寫有公司名稱的徽章，但因爲太小，看不清上頭的文字。

「其他綠繡眼在哪裡？」

小鳥叔叔一時不懂他爲何這麼問，反問了一聲「啥？」，就此爲之語塞。

「只有這隻嗎？」

「對……」

「太驚人了。只有一隻，竟然能培養出這麼出色的歌手。像我，這二十五年來養了五百多隻，頂多也只遇過兩、三隻這種水準的綠繡眼。」

「我並不是飼養。是牠受了傷，我加以保護。」

聽小鳥叔叔這麼說，男子面露意外的表情，朝鳥籠投以興趣濃厚的眼神。

「哦，這樣啊。是偶然得到的是麼。那麼，牠的傷痊癒了嗎？」

「嗯，大致痊癒了。」

綠繡眼似乎察覺自己成了兩人的話題，就像想要他們多看牠幾眼似的，從棲木的這一頭移往另一頭，發出簡短的鳴叫，清了清嗓後，展現牠拿手的歌曲。聲音瞬間將兩人包覆，朝庭院滿溢而出，乘著風送往遠方。

「如何。很棒對吧？」

男子如此說道，就像在炫耀自己養的小鳥般。

「音色高雅而甜美，明亮而又隨興。」

然而，小鳥叔叔無法坦然接受男子的誇讚，爲什麼會這樣，他自己也不知道，就只是感到悶悶不樂。他覺得爲一個素未謀面的人賣力歌唱，根本是白費力氣，他暗自在心裡對綠繡眼說，就到此爲止，別再唱了。

「喏，剛才歌詞變了。起伏也做了微妙的變化。牠自己增加變化，樂在其中。眞不簡單。」

男子擁有許多用來稱讚綠繡眼的詞句。然而，男子雖然佯裝聽得陶醉，眼中卻帶有一絲寒光，從中透射不帶半點破綻的視線，持續觀察著綠繡眼。男子的聲音則是與綠繡眼形成強烈對比，顯得粗獷、沙啞，呼氣中帶有菸味。他的手無比粗糙，不像是會疼愛小鳥的手，指尖長滿肉刺，傷痕處處。

「這確實是十年一遇的才能。養過五百隻鳥的我能向你打包票。」

「這跟才能有關係嗎？只要是綠繡眼，每隻都唱得好。」小鳥叔叔說。

「你雖然號稱小鳥叔叔，沒想到卻是個門外漢。」

男子面露虛假的笑容。

「唱得不好的鳥多的是。牠們只會唱單調而且斷斷續續的歌曲，音色也不好。你應該也聽得出來吧？」

「唱得好不好，這種事我沒想過。」

「不管哪個世界，都有庸才和天才之分。既然要聽，當然是想聽天才唱歌，你說是吧？」

男子望著鳥籠，詢求認同。綠繡眼就像要回應他似的，再度高歌起來。

「這麼小的一隻鳥，正努力發出人類以及人們製作的樂器都無法發出的聲音。只要成爲牠的飼主，就能獨占。」

「你養綠繡眼嗎？」小鳥叔叔詢問。

「算是吧。」

男子等候歌聲中斷後，如此應道。

「這明明是野鳥，飼養好嗎？」

「你問這問題就太不識趣了。」

男子一腳跨在綠繡眼先前跌落的臺階上，也沒知會一聲，就逕自朝鳥籠旁坐下。

「我很疼愛綠繡眼。綠繡眼會爲我唱歌。這樣很理所當然啊。」

籠子可以再小一點。把蜥蜴切碎餵牠吃，音色會更漂亮。爲了避免過度鳴叫，傷了喉嚨，練習量得斟酌，這點很重要。偶爾會有野鳥保護協會的人聽到聲音，會前來找碴，勸你得多留意。男子說得得意洋洋，小鳥叔叔完全沒插嘴。綠繡眼顯然很興奮，時而振翅，時而翻筋斗，活力充沛。夠了，你大可不必這樣討好他，小鳥叔叔以不成聲的聲音對綠繡眼說道。

「對了……」

男子重新戴好帽子，摸著鬍碴，一樣視線沒望向小鳥叔叔，自顧自開口說道：

「這隻鳥可以轉讓給我嗎？」

「轉讓？」

面對這意想不到的要求，小鳥叔叔大爲驚訝。

「當然了，我會付你適當的價錢。」

「哪有什麼轉不轉讓的，牠很快就要野放了。等牠再多恢復一些體力後……」

「既然你都要放手了，那還不都一樣。要是交給我來養，我能讓牠發出更美的音色。」

「這麼做是爲了什麼？」

「爲了欣賞美麗的事物，這有什麼不對？」
男子的臉朝鳥籠湊得更近了，還把指頭伸進竹子的縫隙裡，彈響舌頭逗弄綠繡眼。綠繡眼一點都不怕生，還發出開心的叫聲，沒片刻安靜。
「你一定能在鳴唱會上奪冠。」
可能是發現男子的手指與小鳥叔叔不一樣，綠繡眼很感興趣地啄著男子指節粗大的關節。
「我開高出行情價五成的價格。」
「這不是錢的問題……」
「你要是知道自己的綠繡眼是多厲害的歌手，就會改變想法了。」
「我當然也知道。因爲我從小都和我哥一起聽小鳥的歌聲。」
「嗯。」
男子點頭，思索半晌後接著說道：
「這個星期天和我一起去鳴唱會看看如何？你一定會喜歡的。至於要不要把綠繡眼轉讓給我，就等你去過之後再決定吧。」
「鳴唱會是什麼？」
「就字面的意思啊。衆人圍在一起享受綠繡眼的歌聲。」

「哦……」

「用不著想得太複雜。就只是一群喜歡小鳥的人聚在一塊。其實他們不接受外人突然加入參觀，但有我陪同的話就沒問題。因爲我姑且也算是副理事長。」

爲什麼會突然被捲入這樣的情況中呢，小鳥叔叔感到腦中一片混亂。總之，現在他只想快點打發這個男人離開，要和綠繡眼獨處。

「是這小子的歌聲將我引來，也算是難得的緣分，所以就讓我們一同期待那天的到來吧。因爲再怎麼說，你也是小鳥叔叔嘛。這個星期天有空嗎？」

被他的強勢給牽著走，小鳥叔叔無力拒絕，只能軟弱點頭。

「太好了。那我早上七點來接你。啊，糟糕。我該回去送貨了。打擾你了。這星期天哦，期待你的同行。」

男子匆匆離去，背影消失在樹叢間。待確認過汽車的引擎聲遠去後，小鳥叔叔把鳥籠收進家中。

「那到底是誰啊？」

綠繡眼露出這樣的眼神，注視著小鳥叔叔。

當天雖已算是春天的尾聲，但微帶寒意，是個颳風的陰天。男子駕著送貨用的小貨車，在約定的時間準時出現。

「要是能再放晴一些會更適合，不過這也是沒辦法的事。好啦，上車吧，不用客氣。裡頭堆了不少貨，亂七八糟的，別在意啊。」

男子和第一次見面時一樣，穿著工作服，頭戴帽子，比上次還要話多。

「你運氣不錯。今天是本季最後一次鳴唱會。錯過這次，就得等到十二月才有。大家都會帶自己引以爲傲的綠繡眼，大老遠地跑來共襄盛舉。因爲今天的獎金很優渥呢。」

男子說這話時，小鳥叔叔吩咐綠繡眼要乖乖看家，也沒想到要帶什麼行李前去，就這樣空手坐上小貨車。

車子過了橋，從以前的迎賓館前通過，順著河邊道路朝上游駛去。小貨車車齡已久，男子的駕駛方式又粗魯，車上某個地方不斷發出礙耳的卡啦卡啦聲。河道愈來愈窄，山巒逼近眼前，小鳥叔叔沒見過的風景變得開闊。這時他仍百思不解自己爲什麼會坐上這個陌生男子的車，開在這種山路上。現在他才感到後悔，爲什麼之前不斷然拒絕他呢。

唯一感到慶幸的是，不管男子再怎麼自以爲是，他談的終究都是和綠繡眼有關的事。爲了讓牠們增加肺活量，好一口氣發出很長的音節，該讓牠們做什麼運動；有些綠繡眼在重要場合能展現實力，有些則會洩氣，其分辨的重點爲何；爲什麼光憑天生的美聲無法展現完美的歌唱；明明是他所聽過的最棒歌手，但最後沒能成爲冠軍的原因何在……諸如此類，男子談的盡是和綠繡眼有關的事。

除了哥哥外，小鳥叔叔是第一次遇見如此熱中於小鳥的人。當然了，男子與小鳥的互動方式，與哥哥截然不同，不過，男子確實用他自己的方式把心思全投注在綠繡眼身上。

這時，小鳥叔叔突然察覺車子振動的空檔之間，從貨斗上傳來動靜，他轉頭往後瞧。那裡堆放著直抵車頂的大行李，用黑色的破布覆蓋。小鳥叔叔隨手掀起破布的外緣……

「不能摸。」

傳來男子出奇強硬的的口吻。小鳥叔叔急忙讓破布恢復原狀。

「要是不先遮光的話，牠們會一直亂叫，等到上場的時候，就發不出好聲音了。」

「抱歉。」

「等到達現場後，再慢慢讓牠們暖身。這部分的調整可有學問了。」

「這些全是綠繡眼嗎？」

「對。總共十六隻。」

因爲要去參加鳴唱會，所以帶綠繡眼去也是理所當然，但這麼多的數量，又這麼安靜，這令小鳥叔叔頗爲吃驚，直盯著貨斗瞧。鳥籠像磚塊般層層堆疊，牠們保持平衡，巧妙容身在有限的空間裡。

「牠們會這麼安分啊？」

「只要裝進移動用的小籠子裡，讓它一片漆黑，牠們就會很安分。不過，這也是拜訓練之賜。」

接著男子談起，讓綠繡眼在適當的時機鳴叫所發送的訊號，若能順利傳達成功，人與綠繡眼心意相通時，那種快感無與倫比。這個話題他講得又臭又長，接著不知從什麼時候起，話題又轉爲吹噓他以前養過的冠軍。這段時間，那十六隻綠繡眼安靜無聲，在破布底下屏氣斂息。

約四十分鐘的車程後，車子駛離河邊道路，開在田間小路上，從高速道路的高架橋下穿過後，爬上一座滿是雜樹林的小山丘，來到山腰處停下。那裡意外有一座開闊的空地。四周到處隨意堆放著鐵管、鐵線、木材這類材料，任憑風吹雨淋，似乎沒人管理，瀰漫著一股荒廢的氣氛。

不過，最吸引小鳥叔叔的，是這裡到處停滿了車，有三、四十個人專注地在為鳴唱會做準備。他們全把鳥籠擺地上，坐在攜帶式的椅子上，有人一一檢查每隻鳥的狀況，有人以針筒餵食，有人拿著像笛子的東西抵在唇前，確認音調。空地的東邊角落架起帳篷，有幾個人像是負責人，忙著在紙上寫下淘汰賽的對戰表、擺出獎品，或是抽菸、談笑。全都是男性。

綠繡眼一隻隻單獨關在小竹籠裡，連要伸展翅膀都沒辦法。有的在結束漫長旅途後，感覺就像終於解脫似的，愉悅地鳴唱，有的則是仍蓋在黑布下，堅守沉默。但不管怎樣，這裡到處都是綠繡眼。不管看哪個籠子，觸目所及皆是綠繡眼、綠繡眼、綠繡眼。

男子選定一棵櫟樹下安置，以熟練的動作從車上取下竹籠後，把其他需要的物品擺在固定的位置上。每個動作都很俐落，小鳥叔叔根本沒機會幫忙。有幾個人一見到男子，便親暱地主動前來搭話。有人以狐疑的目光望著小鳥叔叔瞧。

「這是我朋友。他養了一隻很棒的綠繡眼。」

男子這樣說道。每次小鳥叔叔都不知該以什麼表情面對，就只是低著頭，別過臉去。

聚集的人愈來愈多，綠繡眼也愈來愈多。不知爲何，每個人都和男子年紀相仿，都同樣穿著老舊的衣服。陽光一樣微弱，天空覆上一層薄雲，風吹搖撼著櫟樹枝椏。男子見比賽即將開始，似乎也展開微妙的調整，他神經質地將破布掀開又蓋上，餵綠繡眼喝水。這段時間，他談到今年他在鳴唱會上的成績不佳、對狀況不佳的原因展開分析、原本抱持期望的那隻鳥病死所帶來的打擊。小鳥叔叔益發感到悶得發慌，連隨口附和都嫌懶。四周滿是男人喧鬧的交談聲，隨風形成了漩渦。明明有這麼多綠繡眼在身旁，但小鳥叔叔非但不覺得興奮，反而覺得喘不過氣來。而且久違的頭痛又犯了。之前和哥哥展開虛擬旅行時，他總是做好萬全的準備，但爲什麼這次偏偏沒帶重要的藥物和貼布在身上呢，他對此懊悔不已。

不久，鳴唱會就此展開。

「好，就選牠吧。」

男子幾經猶豫後，終於從十六隻綠繡眼中看出狀態最好的一隻，帶著籠子走向空地中央。

鳴唱會與小鳥叔叔想像的截然不同。根本沒半點享受鳥兒鳴唱的悠閒氣氛，感覺就像渾身帶刺，毫不留情。每個人繃緊神經，不顯片刻鬆懈，展現赤裸裸的鬥爭心。這處空地瞬間封閉在他們所散發的氣氛中，外界的聲音阻絕在外，小鳥叔叔也不容分說地被留在裡頭，無處可逃。

空地中央打了兩根木樁，中間保持適當的間隔。前端吊著要展開對戰的綠繡眼鳥籠，外頭仍罩著布。兩名飼主守在木樁旁，手持計數器的裁判站在中央，其他參賽者在四周圍成一個圓。在裁判發出信號的同時，兩名飼主馬上取下罩在鳥籠上的布，迅速掛向腰帶，吹奏起掛在脖子下的竹笛。以這種聲音類似雌鳥叫聲的笛子來欺騙綠繡眼，逼牠唱歌。這連貫的歌曲，看哪一方能先唱出五遍，誰就獲勝。照著紙上所寫的淘汰賽對戰表，陸續展開對戰。

小鳥叔叔戰戰兢兢地走近人們圍成的圓圈，站在最外側觀看裡頭的情況。有時一下子就分出了勝負，有時則是遲遲難分高下，他看不出究竟是哪一邊獲勝。而他也不想知道誰輸誰贏。裁判的手指時而豎起，時而彎曲，以此表示結果，但他無法解讀裁判發出的信號。他只知道，綠繡眼全都賣力地歌唱著。

布掀開後，綠繡眼一時爲之一驚，轉動眼珠，伸展原本縮成一團的身軀，抬頭望向天空。飼主掀布的動作著實誇張。布料下沿在空中翻飛，因風吹而畫出一道曲線，緊接著下個瞬間，已被夾進腰帶裡，就此垂落。他們並非就只是站在原地拿起竹笛胡吹一通。爲了讓笛聲更像雌鳥平時的叫聲，他們善用舌頭，身子蹲低，雙腳頻頻踏步。可能是想模仿雌鳥的動作吧。每次他們的腰部上下擺動，掛在腰間的那塊布也會跟著搖晃。看在小鳥叔叔眼中，只覺得那是一種怪異的舞蹈。

但率眞的綠繡眼一聽到笛聲，就會翻動那藏在牠們小腦袋某處的耳朵，像在找尋求愛對象般偏著頭，順著從體內湧現、無從壓抑的指引，開始引吭高歌。不管那雌鳥的聲音是眞是假，裁判手中是否握著計數器，牠們都不在乎，一律將鳥喙朝向天空，以深信自己最美的聲音歌唱。歌聲從鳥籠的狹窄縫隙滿溢而出，飛向那些數著次數、把竹笛湊向唇邊的男人伸手搆不到的遙遠高空，即使飛得太高，再也聽不到，但仍會化爲透明的結晶，持續飄浮。

那是小鳥叔叔熟悉的歌曲。是他和哥哥一起豎耳聆聽並模仿其叫聲，深感懷念的歌曲。

這段時間，對戰持續，以紅色油性筆畫出的線條在紙上不斷延伸，落敗的飼主會被畫上一個「×」。勝負底定後，他們就像是在繼續跳舞般，微微站直，抽出腰間那塊布，先是讓下沿飛揚，然後再次覆蓋鳥籠，就像不讓鳥兒浪費力氣多叫一聲似的。獲勝者的舞步更顯輕盈。落敗者則是暗啐一口，朝地面用力一踢，當中甚至有人撂狠話，引發衝突。他們的叫罵聲與綠繡眼的歌聲絕不會交混在一起。

終於換男子上場了。對手是一個挺著脾酒肚、看起來威儀十足的老先生。他微微拖著左腳行走，更加飄散出一股威嚇感。看來會是一場拉鋸戰。男子皺起眉頭，吹笛時加上各種變化，有時像在撒嬌，有時像在鼓舞，對此，老先生從腰帶間挺出的肚子和垂掛的布，各自以不同的節奏搖晃，同時踩著不像他體形會有的輕快舞步。天空一早就積了厚厚的雲層，陽光消失，風吹得帳篷翻飛作響。可能是這個緣故，綠繡眼遲遲不肯叫，在籠內急促地跳來跳去，好不容易開始唱了，卻又馬上閉嘴，顯得很沒自信。

男子的額頭冒汗，帽子都快掉了，而老先生的鞋底在地上拖行的痕跡在他腳下畫出凌亂的圖案。觀眾盤起雙臂，每當裁判發出訊號，便發出「噢」的一聲嘆息。計數器顯示的數是多少，究竟誰占優勢，小鳥叔叔看不出來，但他一直想大喊一聲「既然不想叫，就不用叫」，可是他極力忍下。頭痛愈來愈嚴重。疼痛的凝塊一直往他的頭蓋骨深處鑽去，在裡頭結起了網，把他的腦袋緊緊束縛。他一再試著按壓太陽穴，但得不到任何緩解。

他再也受不了，就此離開人牆，漫無目的走在空地邊。好幾隻沒上場的綠繡眼在籠子裡拍動翅膀。不管關在多狹窄的地方，牠們眼睛周圍的白色圓圈依舊清楚浮現，畫出完美的圓，沒有一絲偏差。當中有的鳥籠掛著木牌，上頭寫有名字：喬洛、傑克、皮奇、湯姆、恰克……每個木牌的邊角都磨損嚴重，上頭沾有糞便，名字也模糊不清，難以辨識。有幾個人可能是一下就敗下陣來，想排解鬱悶吧，直接盤腿坐在塑膠布上，喝起了啤酒。一旁有個人似乎打進了二輪戰，正在清理積滿口水的竹笛。

男子與老先生的對戰還沒有結束的跡象。從一圈圈圍觀者當中的縫隙，可以望見他們幾欲掉落的帽子，以及搖晃的肚子。不時會有出色的歌聲響遍四周，引發現場一陣歡呼，而接下來要等候下次鳴唱，又是一段令人焦急的時間流逝。

小鳥叔叔走回到男子停放小貨車的地點，倚向櫟樹樹幹。

「大可不必唱歌。」小鳥叔叔說。「這裡到處都沒有求愛的對象。」

他閉上眼，額頭抵向樹幹，感到微微一陣涼意，瞬間忘了疼痛。眼皮底下映照出他留在家中的綠繡眼。牠正縮著身子站在棲木正中央，豎起耳朵聽，找尋小鳥叔叔的所在處。

「不管唱出多美妙的歌曲，一樣沒人搭理。」

沒人發現他的聲音，也沒人留意到，這裡站著一個人稱小鳥叔叔的老人。

「我很遺憾，你所追求的對象並不在這裡。」

小鳥叔叔對眼皮裡的綠繡眼如此說道。之後他睜開眼，朝男子堆疊的鳥籠走近，一一打開。一陣強風吹過，捲起沙塵，同時竹笛聲也變得更響亮，但此時小鳥叔叔的耳中已傳不進任何聲音。綠繡眼一開始沒發現鳥籠已經打開，露出「咦，這是怎麼回事」的表情，腳踩在入口邊緣後，仍小心謹愼地東張西望。

「好了，你們快走吧。」

小鳥叔叔打開所有鳥籠。不久，當中最有勇氣的一隻綠繡眼振翅高飛，其他鳥兒以此爲信號，也陸續跟著飛離。雖然一開始振翅的動作有些生硬，但旋即就找回昔日的感覺，在小鳥叔叔頭上繞了一圈後，有些綠繡眼在櫟樹的枝椏間嬉戲，有些朝更遠的天空飛去。目睹最後一隻的翅膀消失在雲朵中後，小鳥叔叔快步跑離現場。

可能是有人發現不對勁，或者是沉迷於對戰中的觀衆發出的喧譁聲，他感覺到背後的喧鬧氣氛，死命往前直奔。途中經過隨意堆放在路旁、不知歸何人所有的鳥籠，他一樣全數打開，沒空確認籠裡的綠繡眼是否順利逃脫，便接著繼續跑。感覺好像聽到有人追來的腳步聲，但他除了持續跑之外，別無他法。跑下山丘前，一路上跌了幾跤，磨破手掌，膝蓋重重撞向地面，但他一點也不覺得痛，就只有腦袋感到陣陣刺痛。

好不容易抵達高速道路的高架橋下，他回身而望，只見農田後方聳立著那座樹林包覆的山丘。靜靜的山丘滿溢綠意，橫亙眼前，儘管有一群男人賣力地在裡頭舉辦鳴唱會，但它毫不在意。小鳥叔叔倚向水泥橋墩坐下，邊咳邊調勻呼吸。山丘上空有個小點畫出一道曲線，就像在目送他離去般。不過，他無從確認那是否眞是綠繡眼。

他請田間小路旁的住戶幫忙叫計程車，中途換乘公車，好不容易才返抵家門，這時已近黃昏時分。綠繡眼乖巧地在窗邊等候。

「你丟我一個人在家，跑哪兒去了？我很擔心耶。」

綠繡眼像是這樣責備，又像是看到他人之後鬆了口氣，在鳥籠裡飛來飛去，揚起幾根羽毛。小鳥叔叔坐向牠身旁，喝乾杯裡的水，輕撫鳥籠。手掌傷口的血已凝固，掌心沾滿了沙。捲起襯衫衣袖一看，手肘上有瘀青，長褲的膝蓋處沾了汙泥。

「當眞是吃足了苦頭。」

小鳥叔叔低語道。他覺得心跳依舊很急，尚未平復。頭疼也隨著脈動跳動不停。

「不過已經沒事了。」

風已止息，浮雲吹散，隱隱重現天光，照亮別房的廢墟。日漸腐朽的別房一點一滴地改變其形體，外觀纏滿藤蔓，新的種子棲宿其上，覆滿青苔，看起來反而愈來愈像生物。若換個角度看，會覺得這輪廓與看書的父親背影有幾分相似。深綠的新芽茂密生長，樹叢高聳，自由地伸展枝椏，保護這小小的別房不受外頭世界的侵擾。早上無暇清理的餵鳥平臺，滿是散亂的蘋果皮碎屑，兩隻棕耳鵯正以鳥喙滾著玩。

「嗶——喲、嗶——喲。」

高亢、尖銳、潔淨的鳴叫，不時在光芒中交錯。彷彿能看出那鳴叫聲的軌跡在空中浮現出一道細線。

此時這裡只有小鳥和小鳥叔叔。背後有母親的照片、哥哥做的小鳥胸針，眼前則有一座廢墟。這是他的全部。

小鳥叔叔與綠繡眼一起茫然地朝庭院凝望良久。鳴唱會的情景顯得遙遠而模糊，幾乎如同幻影一般。因爲是幻影，所以也沒必要擔心那名男子會跑來向他咆哮。

紅輪逐漸西墜。棕耳鵯已在不知不覺間離去，蘋果皮澈底乾枯，失去色澤，別房有一半即將被暗影覆蓋。

「唧啾嚕唧啾嚕唧唧嚕唧唧嚕唧——啾嚕唧唧嚕唧唧嚕啾嚕唧——」

沒任何信號，也沒任何契機，綠繡眼就此鳴唱起來。牠那白色圓圈裡的眼珠，筆直地注視著小鳥叔叔。

「你大可不必爲我唱歌。」

小鳥叔叔臉湊向鳥籠如此低語。

「明天早上，你就離開鳥籠吧。回天空去。」

他豎耳細聽，彷彿聽到哥哥的聲音。那聲音輕輕包覆住他的頭疼。只要身旁有小鳥的鳴唱，其他多餘的話語他都可以不必聽。只有波波語會陪伴著他。

夕陽餘暉盈滿庭院。看來，還得再等一段時間，太陽才會完全下山。小鳥叔叔想要更清楚地聽哥哥的聲音，就此把鳥籠抱在胸前，當場躺下。

「我有點累了。」

綠繡眼從棲木飛了下來，挨向小鳥叔叔耳畔。

「我小睡片刻。這樣很快就會有精神了。」

綠繡眼再度唱起歌來。唱出只獻給小鳥叔叔一人的歌曲。

「要好好珍藏你那美妙的歌曲。」

說完這句話後，小鳥叔叔就此落入再也不會醒來的沉睡中。綠繡眼持續在他臂彎裡鳴唱。

木曜文庫 12

小鳥

ことり

作　　者　小川洋子
譯　　者　高詹燦
社　　長　陳蕙慧
總 編 輯　陳瀅如
責任編輯　陳瀅如
行銷業務　陳雅雯、趙鴻祐、余一霞、林芳如

讀書共和國集團社長　郭重興
發 行 人　曾大福
出　　版　木馬文化事業股份有限公司
發　　行　遠足文化事業股份有限公司
地　　址　231023新北市新店區民權路108之4號8樓
電　　話　02-2218-1417
傳　　真　02-8667-1065
客服信箱　service@bookrep.com.tw
客服專線　0800-221-029
郵撥帳號　19588272木馬文化事業股份有限公司
法律顧問　華陽國際專利商標事務所　蘇文生律師
封面設計　傅文豪
內頁排版　Sunline Design
印　　刷　前進彩藝有限公司

初版一刷　2023年2月
定　　價　NT$370

ISBN 978-626-314-363-0（平裝）
978-626-314-370-8（EPUB）　978-626-314-369-2（PDF）

國家圖書館出版品預行編目（CIP）資料

小鳥/小川洋子作 ; 高詹燦譯. -- 初版. -- 新北市 : 木馬文化事業股份有限公司出版 : 遠足文化事業股份有限公司發行, 2023.02
面 ; 公分. -- (木曜文庫 ; 12)
譯自 : ことり
ISBN 978-626-314-363-0(平裝)
861.57　　111022147